Kea Beier

Die Unausweichlichkeit von Liebe

Elisabeth und August Macke

atb aufbau taschenbuch

Kea Beier

DIE UNAUSWEICHLICHKEIT VON LIEBE

ELISABETH & AUGUST MACKE

Roman

atb aufbau taschenbuch

Für einen ganz
besonderen Menschen

FSC
www.fsc.org
MIX
Papier | Fördert
gute Waldnutzung
FSC® C083411

ISBN 978-3-7466-3971-0

Aufbau Taschenbuch ist eine Marke der Aufbau Verlage GmbH & Co. KG

1. Auflage 2023

Satz LVD GmbH, Berlin
Druck und Binden CPI books GmbH, Leck, Germany
Printed in Germany

www.aufbau-verlage.de

PROLOG

Sommer 1967

Diese Farben! Zartes Gelb schiebt sich über leuchtendes Rot, sattes Grün wetteifert mit strahlendem Blau. Und über allem liegt ein Glanz, als wäre das Bild gerade erst gemalt worden. Elisabeth tritt einen Schritt näher an das kleine, hochformatige Aktporträt heran. Es ist immer noch eines ihrer liebsten Bilder. Ein Wunder, dass es all die grausamen Jahre des Krieges und der Zerstörung so unbeschadet überstanden hat.

Mit ihren Augen fährt Elisabeth die sanft geschwungenen Linien des zarten Frauenkörpers entlang. Vom schlanken Nacken über die schmalen Schultern und den Rücken hinunter bis hin zum wohlgeformten Po. Kein Stück Stoff, das den Blick auf die rosige Haut der Porträtierten hätte verdecken können. Sorgsam hat die Figur ihr volles dunkles Haar im Nacken zu einem Knoten gebunden. Ihr Blick ist gesenkt, das Gesicht nicht zu erkennen. Sie scheint es sich auf ein paar Kissen und Decken auf dem Boden bequem gemacht zu haben, vertieft in eine Tätigkeit, die dem Betrachter verborgen bleibt.

Elisabeth schmunzelt. Nur sie weiß, was sie in den Händen hielt, als August diesen Moment einfing.

»Schließ die Tür!«

Elisabeth drehte sich um und schaute August direkt in die Augen.

»Willst du das wirklich?« Er zögerte. Unschlüssig stand er auf der Schwelle zu ihrem Zimmer, jederzeit bereit, den Rückzug anzutreten. Doch Elisabeth war sich sicher. Heute würde es passieren. Sie hatte ihm diesen Moment schon allzu viele Jahre vorenthalten.

»August, wir kennen uns jetzt seit fünf Jahren. Es wird Zeit.« Ihre Augen leuchteten, und auch aus Augusts Augen sprach die pure Lust.

Langsam ließ Elisabeth ihr dunkelblaues Kleid zu Boden gleiten. Sonnenstrahlen fielen durch das geöffnete Fenster und tauchten den Raum in ein sanftes warmes Licht. Von draußen drang das Zwitschern der Vögel herein, das nun im Frühling so voller Lebendigkeit war. Sie fühlte sich wohl. Es machte ihr nichts aus, dass sie nun vollkommen nackt vor August stand. Er war ihr so vertraut, als sei er schon ihr Leben lang an ihrer Seite gewesen.

Vorsichtig setzte sie sich auf ein Kissen, das am Boden lag, die Beine zum Schneidersitz eingeschlagen. Hinter sich hörte sie das Rascheln des Zeichenblocks. Dann das Klappern der Bleistifte in dem kleinen roten Federmäppchen, das August stets bei sich trug. Einen Moment herrschte Stille. Sie spürte seinen sanften warmen Blick über ihren Rücken gleiten. Ein wohliger Schauer überkam sie. Erregt senkte sie den Kopf und begann, den kleinen silberfarbenen Ring zu drehen, den August ihr vor Kurzem geschenkt hatte.

»Sieh es als Zeichen unserer Verbundenheit«, hatte er ihr ins Ohr geflüstert und ihr einen zarten Kuss auf die Wange gegeben. »Solange es noch nicht offiziell ist.«

Er war so gut zu ihr. Wann immer sie ihn brauchte, war er an ihrer Seite. Mit ihm hatte sie die Schönheit der Natur neu entdeckt. Dank ihm war jeder Tag mehr als nur ein Wechselspiel von Wind und Wetter. Er war zum Mittelpunkt ihres Lebens geworden. Niemals hätte sie es ihm ausreichend danken können, wie viel er ihr bereits gegeben hatte. Wenigstens das Aktporträt, wovon er schon so lange träumte, sollte er nun bekommen.

Sie hörte, wie der Stift über das Papier flog. Ein leises, kratzendes Geräusch, mal schnell und energisch, dann wieder ruhig und vorsichtig. Mittlerweile nahm sie genau wahr, wann August die groben Umrisslinien zog, wann er ins Detail ging, wann er Schraffuren setzte. Unzählige Male hatte sie ihm Modell gesessen. Ihm hundertfach bei der Arbeit über die Schulter schauen dürfen. Auch draußen in der freien Natur hatte er gemalt. Während sie ihm eines ihrer neuen Gedichte oder eine kleine Geschichte vorgelesen hatte. Diese unbeschwerten, unschuldigen Jahre. Wie schön waren sie gewesen!

Langsam löst sich Elisabeth von ihren Erinnerungen. Ihr Blick wird wieder klarer. Vor ihr noch immer das kleine leuchtende Aktporträt. August hatte es noch am selben Tag nach der Skizze gemalt, und nur eine Woche später war es fertig gewesen. Voller Stolz hatte er es ihr überreicht. Wenn sie nicht schon längst gewusst hätte, dass sie füreinander bestimmt waren: Spätestens dann wäre es ihr vollkommen klar gewesen.

Vor ihrem inneren Auge sieht sie ihn vor sich. Sein Lächeln, das Funkeln in seinem Blick. So viel Leichtigkeit und Lebensfreude hatten darin gelegen. So viel Hoffnung und Mut. Ja, so war er: ein durch und durch positiver Mensch, der niemals aufgegeben hatte. Sein Ziel vor Augen, eines Tages ein großer bekannter Maler zu sein.

Elisabeth lässt den Blick durch den Raum schweifen. Die

Wände geschmückt mit Gemälden von August Macke. Dass seine Bilder nun nach all den Jahren des Leidens in so großer Zahl vereint zu sehen sind, erfüllt sie mit Stolz. Ihr Kampf hat sich gelohnt.

Ach, August, wenn du das nur sehen könntest!

KAPITEL 1

Bonn 1903

Mit schnellen Schritten überquerte Elisabeth die Straße am Alten Friedhof und bog um die Ecke in die Meckenheimer Straße ein. Die Luft war noch frisch, aber am wolkenlosen Himmel strahlte bereits die Frühsommersonne und tauchte die Straßenzüge in ein gleißend helles Licht. Es versprach, ein herrlicher Tag zu werden. Elisabeth lockerte mit der einen Hand den Knoten ihres Halstuchs, während sie mit der anderen Hand ihre lederne Schultasche fest umklammert hielt. Sie war viel zu spät dran. Eilig lief sie die Straße hinunter, vorbei an üppigen Fliederbüschen, prächtig blühenden Rhododendren und duftenden Rosenzweigen, die die Vorgärten der Häuser schmückten. Sie hörte das Zwitschern der Meisen, über ihr jagten die Schwalben durch die Luft. Wie gerne hätte sie sich einen Moment Zeit genommen, um diese besondere Stimmung, die sie über den kalten Winter so lange herbeigesehnt hatte, zu genießen. Doch sie musste sich beeilen.

Am Ende der Straße entdeckte sie ihre Freundin Emma, die schon ungeduldig auf sie wartete. Gerade wollte Elisabeth ihr zuwinken, da öffnete sich eine Tür am gegenüberliegenden Haus, und ein schlanker junger Mann mit großem Schlapphut und Büchern unter dem Arm trat heraus. Er überquerte die Straße und kam direkt auf Elisabeth zu. Ein kurzer Blick. Ein leises Lächeln. Ihr schlug das Herz bis zum Hals. Die ohnehin schon geröteten Wangen begannen zu glühen. Unauffällig drosselte sie ihr Tempo und erwiderte seinen stillen Gruß mit einem zaghaften Lächeln. Sie hatte ihn schon ein paar Mal gesehen. Meist trafen sie sich morgens auf dem Weg zur Schule. Aber auch am Nachmittag war er ihr schon einige Male begegnet. Sie konnte nicht sagen, was genau es war, das sie an diesem mysteriösen Unbekannten so faszinierte. Waren es seine strahlenden Augen, mit denen er vorsichtig, aber bestimmt ihre Aufmerksamkeit suchte? Oder sein herzliches Lächeln, das er ihr schenkte, wenn sie ihm einen Blick zuwarf? Sie hatte versucht herauszufinden, wie er hieß, doch niemand wusste es genau. Angeblich war er Franzose und hieß Macké. Auch das weckte ihre Neugier. Zu gerne hätte sie ihn näher kennengelernt. Sie war eigentlich sehr kontaktfreudig. Doch ehe er ihr nicht offiziell durch ihre Eltern oder ihren Bruder vorgestellt worden war, durfte sie ihn nicht einmal grüßen. Es fiel ihr schwer, sich zurückzuhalten. Und sie spürte, dass es ihm ähnlich ging.

»Wer ist dir denn über den Weg gelaufen? Du bist ja ganz blass«, begrüßte Emma sie und hakte sich bei ihr unter.

Elisabeth schmunzelte. Emma war ihre beste Freundin. Eigentlich hatte sie keine Geheimnisse vor ihr. Und doch wollte sie ihre Gefühle dieses Mal nicht preisgeben. Sie kam sich albern vor. Einem Unbekannten schöne Augen zu machen, von dem sie noch nicht einmal den richtigen Namen kannte. Sie konnte ihre Gefühle selbst nicht einschätzen und schwieg lieber. Schnell wechselte sie das Thema.

»Was für ein herrlicher Frühlingsmorgen, nicht wahr?« Sie strahlte ihre Freundin an und zog sie eilig Richtung Schultor. »Schade, dass wir nicht länger draußen bleiben können.«

»Ja, du hast recht. Anstatt des Mathematikunterrichts würde ich jetzt auch viel lieber die Sonne mit dir genießen«, pflichtete Emma ihr bei.

Mathematik lag ihrer Freundin eigentlich sehr. Ganz im Gegensatz zu ihr, die sich mehr für Sprachen und künstlerische Fächer begeistern konnte. Emma liebte zudem die Musik. Sie war bereits eine außerordentlich gute Klavierspielerin, und Elisabeth war sich sicher, dass aus ihr einmal eine berühmte Pianistin werden würde.

»Wir können nach der Schule ein bisschen in den Park gehen«, schlug sie vor. Insgeheim hoffte sie, dort den Unbekannten wiederzusehen.

»Eine sehr gute Idee!« Emma strahlte, und gemeinsam betraten sie eilig das Schulgebäude.

»Ich glaube, ich brauche jetzt erst einmal einen Kaffee«, gähnte Emma. Wir können einen Umweg über die Konditorei machen und danach in den Park gehen. Was meinst du?«

Elisabeth spürte, dass sie kaum noch warten konnte. Am liebsten wäre sie sofort in den Park gerannt und hätte nach dem jungen Herrn Macké – oder wie er hieß – Ausschau gehalten. Aber ohne ihre Freundin wollte sie nicht gehen, daher lief sie notgedrungen hinter ihr her vom Mühlheimer Platz in die Münsterstraße und am Martinsbrunnen vorbei, bis sie den großen kopfsteingepflasterten Platz vor dem Bonner Münster erreicht hatten.

»Sieh nur, wie das leuchtet!«, rief Emma gegen das Läuten der Kirchenglocken an.

In der Tat, welche Pracht! Die Mittagssonne ließ das blattgoldüberzogene Wandbild oberhalb des großen Hauptportals der Basilika funkeln und strahlen. Der rötlich gelbe Backsteinbau im romanischen Stil mit seinen zahlreichen

Türmen und hellgrauen Dächern war das Wahrzeichen der Stadt. Immer mehr Menschen strömten herbei, um sich zur Mittagsmesse zu versammeln. Es herrschte ein so geschäftiges Treiben, dass Elisabeth den jungen Mann nicht bemerkte, der an der gegenüberliegenden Seite des Münsterplatzes aus einer Straße kam und zielstrebig auf die kleine Konditorei zueilte, die an der südöstlichen Seite des Platzes lag.

»O schau, der junge Herr Macke will wohl auch in die Konditorei«, machte Emma sie auf den geheimnisvollen Unbekannten aufmerksam.

Elisabeths Kopf schnellte herum. Sie erblickte gerade noch seinen großen schwarzen Schlapphut, bevor er hinter der Ladentür verschwand.

Da war es wieder, dieses Kribbeln.

»Wie hast du ihn gerade genannt?«, fragte sie hastig.

»Na, Macke. August Macke. Oder Macké? Ich weiß es nicht genau. Man munkelt, er sei Franzose. So hübsch, wie er aussieht, kann ich mir das gut vorstellen.« Emma kicherte und strebte quer über den Kirchplatz hinüber zu der Konditorei.

Hatte sie gerade richtig gehört? In Elisabeths Ohren rauschte es. Ihr Puls raste. August! Endlich hatte sie einen Namen.

Als sie die Konditorei betraten, schlug ihr der köstliche Duft von frisch gebrühtem Kaffee und süßem Gebäck entgegen. Emma setzte sich an einen Tisch gleich neben der Tür und studierte von hier aus die Auslage des Verkaufstresens. Süße Hörnchen, Waffeln, Krapfen und Kekse türmten sich dort ebenso wie buttrige Cremeschnitten und verführerische Sahnetortenstücke. Schnell hatten sich beide für einen Kaffee und ein Stück Apfelkuchen entschieden.

Elisabeth entdeckte August an einem kleinen runden Tisch im hinteren Teil des Raumes. Er hatte einen Becher dampfenden Kaffee vor sich stehen und einen Zeichenblock in der Hand. Geschickt ließ er den Kohlestift über das Papier gleiten. Sein Kopf hob und senkte sich. Immer wieder hielt er inne, betrachtete zuerst die Zeichnung, dann den Tresen mit der Auslage, zeichnete weiter. Er hatte sie noch nicht bemerkt.

Eilig senkte Elisabeth ihren Kopf. Nicht auszudenken, was wäre, wenn sich ihre Blicke hier träfen. Sie würde knallrot anlaufen wie eine Tomate. Und mit den Heimlichkeiten wäre es schlagartig vorbei. Emma besaß in solchen Angelegenheiten besonders feine Antennen.

Bloß nichts anmerken lassen, dachte Elisabeth und trank hastig einen Schluck Kaffee. Um sie herum klapperte Geschirr. Ab und an zog der Rauch eines Zigarillos an ihr vorbei. Und im Rücken spürte sie Augusts Blicke.

Mit einem lauten Klirren fiel Elisabeth das Messer aus der Hand. Es schlug einmal auf dem Tellerrand auf, rutschte ab und landete auf dem frisch aufgelegten, blütenweißen Tischtuch. Große Spritzer dunkler Bratensoße verteilten sich neben ihrem Teller.

Ihre Mutter Sophie, die links von ihr saß, zuckte zusammen.

»Entschuldigung«, murmelte Elisabeth und versuchte eilig, die Flecken mit ihrer Stoffserviette zu verdecken. Hatte sie gerade richtig gehört? Ihr Herz begann zu klopfen. Erst langsam, dann immer wilder. Und wieder war da dieses Kribbeln. Hastig trank sie einen Schluck Wasser und versuchte, ihre Erregung, so gut es ging, zu verbergen.

»Du sagst, er möchte dich malen? Wie kommt er denn darauf?«, fragte sie ihren Bruder Walter betont gelassen.

»Na hör mal! Ich bin ein junger, gut aussehender Mann. Das wissen nicht nur die Mädchen.« Er hatte ein schelmisches Grinsen aufgesetzt und zwinkerte ihr zu.

»Und was soll der Spaß kosten?«, brummte ihr Vater, der von der Idee alles andere als begeistert zu sein schien. Es war nicht so, dass es ihm um das Geld gegangen wäre. Davon hatten sie genug. Carl Heinrich Gerhardt hatte es als Besitzer einer Fabrik für pharmazeutische Geräte zu beachtlichem Wohlstand gebracht. Er hatte seiner Familie vor nunmehr fast zwanzig Jahren ein repräsentatives Wohnhaus am ländlich geprägten Rand der Stadt gekauft.

Auf drei Stockwerken verteilten sich mehrere Schlafräume und Bäder, eine große Küche mit gemütlicher Sitzecke, ein großzügiges Speisezimmer sowie ein Salon, der mit feinen Polstermöbeln und einem Kamin ausgestattet war. Elisabeth und Walter fehlte es an nichts. Und doch war ihr Vater seit jeher darauf bedacht, das Geld zusammenzuhalten. Er kam aus einfachen Verhältnissen und wusste um den Wert dessen, was er sich und seiner Familie aufgebaut hatte.

»Nichts, Vater«, antwortete Walter sichtlich stolz. »Er hat es mir angeboten, weil er ein Modell braucht. Um üben zu können«, fügte er hinzu, als er den fragenden Blick seines Vaters sah. »Ich sitze ihm Modell, und im Gegenzug erhalte ich mein Porträt.«

»Nun gut«, brummte der Vater und nahm sich von den dampfenden Kartoffeln nach, die in einer Schüssel mitten auf dem Tisch standen. »Wann kommt der junge Mann denn?«

»Ich habe ihn für heute Nachmittag um drei Uhr bestellt.« Walter fühlte sich sichtlich wohl in seiner Rolle als Künstlerfreund.

Elisabeth versuchte, sich zu beherrschen. Am liebsten hätte sie ihren Bruder mit Fragen gelöchert. Stattdessen blieb sie stumm, ungewöhnlich stumm.

»Was ist los, Lisbeth? Du sagst ja gar nichts. August sucht übrigens händeringend nach weiblichen Modellen.

Wenn du möchtest, kann ich …« Ihr Bruder schaute sie fragend an.

»Nein, danke!«, fiel sie ihm mit ungewöhnlich scharfer Stimme ins Wort. »Ich habe kein Interesse.« Klirrend ließ sie Messer und Gabel auf den Teller fallen. Ihr war der Appetit vergangen. Wieso nur reagierte sie so gereizt? Natürlich hätte sie August gerne einmal Modell gesessen. Seit sie sich das erste Mal gesehen hatten, gab es eine besondere Verbindung zwischen ihnen. Ja, dessen war sie sich ganz sicher. Es war wie ein unsichtbares Band, welches das Schicksal zwischen ihnen gespannt hatte. Sie verstanden sich auch ohne Worte. Vielleicht hatte sie einfach nur Angst, dass dieses Band reißen könnte, wenn sie sich erst kennengelernt hatten. Vielleicht bestand diese Verbindung auch nur in ihren Gedanken. Ein geheimer Wunsch. Zart und verletzlich. Verborgen in ihrer Phantasie.

»Schon gut, ich dachte nur, dass …«, setzte Walter beschwichtigend an.

»Lass sie!«, brummte ihr Vater. »Deine Schwester wird schon wissen, mit wem sie sich einlassen möchte und mit wem nicht.«

Insgeheim war ihr Vater vermutlich froh, dass Elisabeth so wenig Interesse an jemandem zeigte, der den schönen Künsten zusprach. Wie hätte es auch anders sein sollen! Der Vetter ihres Vaters, Heinrich Brüne, war Maler und lebte in München. Leider war er kein besonders erfolgreicher Künstler, daher hatte Carl Heinrich Gerhardt ihn Zeit seines Lebens finanziell unterstützt. Für ihn war das unstete Künstlerleben mit Armut und Entbehrungen verbunden. Ein Dasein, das er sich nicht für seine Tochter wünschte.

»Mir ist plötzlich ganz übel«, log Elisabeth und stand eilig auf. »Ich werde mich etwas hinlegen.«

Mit schnellen Schritten ging sie die Treppe in ihr Zimmer hinauf und schloss die Tür hinter sich. Ihr Herz klopfte wie wild. Das Kribbeln war so stark wie nie zuvor.

Drei Wochen waren vergangen, seit August zum ersten Mal bei ihnen zu Hause gewesen war, um Walter zu zeichnen. Elisabeth konnte sich noch genau an jenen Nachmittag erinnern. Unruhig hatte sie in ihrem Zimmer gesessen und gewartet, dass er endlich kam. Sie hatte das Klopfen an der Haustür gehört, war aufgeregt zum Fenster gelaufen und hatte versucht, einen Blick auf den Gast zu erhaschen. Augusts Anwesenheit hatte sie so durcheinandergebracht, dass sie sich auf nichts hatte konzentrieren können. Weder ihre Schulaufgaben noch das Gesangbuch hatten sie ablenken können. Erst gegen Abend hatte sie Schritte auf der Treppe gehört und sich eilig daran gemacht, die feinen Hüte ihres Vaters an der Garderobe zu ordnen. Walter hatte ihr triumphierend ein Blatt Papier vor die Nase gehalten: »Schau, Lisbeth!«

Die Kohlezeichnung war ungewöhnlich fein ausgearbeitet. Anhand der exakten Konturen ließ sich sofort ihr Bruder erkennen. Sorgsam ausgearbeitete Schraffierungen vermittelten einen Eindruck von Licht und Schatten. Hier war jemand am Werk gewesen, der sein Handwerk verstand. Das sah Elisabeth mit einem Blick. Die zahlreichen Besuche in Galerien und Museen hatten ihr Auge auf dem Gebiet der Kunst bereits geschult.

»Darf ich vorstellen: August Macke. August, das ist meine kleine Schwester Elisabeth.« Walters Stimme hatte sie aus ihren Gedanken gerissen. Klein. Pah! Elisabeth ärgerte sich. Diesen Zusatz hätte er sich ruhig verkneifen können. Sie war immerhin schon fünfzehn. Aber lange ärgern konnte sie sich nicht. Endlich waren sie einander vorgestellt worden. Jetzt konnten sie sich grüßen, wenn sie sich auf der Straße begegneten. Was für ein Glück! Sie war ihrem Bruder unendlich dankbar dafür. An jenem Abend hatte sie kaum ein Auge zugetan. Mit klopfendem Herzen hatte sie im Bett gelegen. In ihren Gedanken war sie bei August.

Ungeduldig blickte Elisabeth zur Uhr. Noch eine Stunde, dann war es endlich soweit. Nach langem Ringen hatte sie sich darauf eingelassen, für August Modell zu sitzen. Mehrfach hatte er über Vincenz Hundhausen, einen gemeinsamen Freund, anfragen lassen, ob sie nicht Lust dazu habe. Immer wieder hatte sie abgelehnt. Aus Angst? Sie wusste es nicht. So ganz allein mit ihm. Nur sie beide, der Zeichenstift und ein Blatt Papier. Schon die Vorstellung hatte ihr die Röte ins Gesicht getrieben. Und doch war sie auch neugierig. Unendlich neugierig, wie es wohl sein würde.

Es klingelte an der Haustür. Das Kribbeln kehrte zurück. Es begann im Bauch, breitete sich in ihrem gesamten Brustkorb aus, in die Arme und Hände bis in die Fingerspitzen. Mit weichen Knien öffnete sie die Tür.

»Guten Tag.« Ihre Stimme war ungewöhnlich leise.

Reiß dich zusammen, Lisbeth, ermahnte sie sich im Stillen und führte August hinauf in Walters Zimmer. Verlegen schloss sie die Tür. Für einen Moment herrschte eine betretene Stille zwischen ihnen.

August sah sie an. Seine strahlend blauen Augen glitten über ihre glatte Stirn, zwischen den dunklen Augenbrauen entlang über den Nasenrücken hinunter bis zu ihren vollen roten Lippen. An ihrem zarten Kinn blieb sein Blick hängen.

Elisabeths Atem beschleunigte sich.

»Haben Sie gut hergefunden?«, fragte sie eilig und sehr förmlich. Was für eine dumme, überflüssige Frage! Er musste den Weg bereits im Schlaf kennen, so oft wie er hier war, um Walter zu porträtieren.

»Ja, vielen Dank. Alles bestens.« August lächelte und machte sich daran, eine kleine blaue Holzbank vor das Fenster zu ziehen. Er drapierte ein blauweiß gemustertes Kissen in der einen Ecke und öffnete mit einem Schwung die Fenster.

Das warme Licht der Nachmittagssonne fiel in den Raum. Im Garten zwitscherten die Vögel, und in der großen alten Kastanie rauschte leise der Wind.

»Wenn Sie so freundlich wären, sich hier hinzusetzen.« August deutete auf die linke Seite der kleinen Bank, wo auch das Kissen lag. Er hatte offensichtlich auch beschlossen, sein Modell mit »Sie« anzusprechen.

»Soll ich mich anlehnen?« Elisabeth war unsicher.

»Ja, gerne. Und den Kopf bitte etwas nach rechts.« August hatte sich einen kleinen Stuhl herangezogen und seinen Zeichenblock aufgeklappt. Er saß da und schaute sie lächelnd an. Warum begann er nicht mit dem Zeichnen?

Elisabeth wurde nervös. Hatte sie etwas auf der Nase? Oder im Haar? Verlegen strich sie sich über ihre Frisur.

Endlich ergriff August das Wort. »Kennen Sie die Werke von Arnold Böcklin?«

Elisabeth atmete erleichtert aus. Böcklins Gemälde hatte sie dank ihrer zahlreichen Reisen in die Schweiz schon häufig gesehen.

»Ja, ich bewundere ihn sehr«, erwiderte sie. »Besonders seine fünf Varianten der *Villa am Meer*. Ich habe leider nur drei von ihnen gesehen, als ich vor Kurzem zu Besuch bei meinem Onkel war. Er ist Maler. In München«, fügte sie hastig hinzu.

August lächelte erneut. »Ich wäre auch gern einmal Maler. So richtig mit Haut und Haar. Verstehen Sie, was ich meine?« Verlegen sah er sie an.

»Ich denke schon.« Elisabeth nickte nachdenklich. Seinen Zeichnungen nach zu urteilen, die Walter ihr gezeigt hatte, besaß er zweifelsfrei das Zeug, ein richtig guter Maler zu werden. Doch sie wusste von ihrem Onkel Brüne, wie hart das Künstlerleben war. Man musste schon sehr fleißig sein, wenn man es zu etwas bringen wollte. Sie behielt ihre Bedenken vorerst für sich. Nichts war der Motivation abträglicher als Vorbehalte und eine ängstliche Einstellung. Das wusste sie von sich selbst nur zu gut. Schnell wechselte sie das Thema.

»Ein herrlicher Tag heute, nicht wahr?«

»Hm.« August nickte abwesend. Er schraffierte mit energischen Strichen die linke Seite des Zeichenblattes. Von draußen drang schwülwarme Luft ins Zimmer.

»Ja, es ist herrlich heute. Ich war schon früh am Morgen in den Feldern spazieren. Sind Sie auch gerne in der Natur?«

»Ich liebe die Natur! Besonders jetzt im Hochsommer.

Wenn der Boden vor Hitze flimmert und man sich nach einem langen Spaziergang erschöpft im schattigen Gras unter den Bäumen ausruhen kann.«

»Das liebe ich auch so sehr.« Augusts Augen leuchteten. »Haben Sie einen Lieblingsplatz?«

Natürlich hatte Elisabeth einen Lieblingsplatz, aber den kannte nicht einmal ihre beste Freundin Emma.

»Ja, solch einen Platz habe ich«, erwiderte sie zögerlich.

»Aber Sie wollen ihn mir nicht verraten?«

Elisabeth lächelte entschuldigend. »Noch nicht«, flüsterte sie heiser.

August hob die Augenbrauen hoch. Er schaute sie forschend an. »Ich werde heute sowieso nicht fertig mit Ihrem Porträt. Wir werden also noch eine weitere Sitzung benötigen.« Er machte eine kurze Pause und fügte dann hinzu: »Natürlich nur, wenn Ihnen das recht ist.«

Elisabeths Herz hüpfte vor Freude. Ein zweites Treffen. Was für ein Glück!

»Sehr gerne«, erwiderte sie und lächelte ihn an.

KAPITEL 2

Bonn 1903

Sie ist perfekt!« August strahlte seinen Freund Lothar an. »Ihr volles dunkles Haar. Die ausdrucksstarken Brauen, die Nase, die Lippen. Alles an ihr.« Die beiden gingen gemeinsam durch den Stadtpark und ließen sich auf einer kleinen Bank unter einer knorrigen alten Kastanie nieder.

»Glückwunsch, mein Freund!« Lothar freute sich immer, wenn es August gut ging und umgekehrt. Seit sie sich vor drei Jahren auf dem Gymnasium kennengelernt hatten, waren sie unzertrennlich. August wusste, dass er seinem Freund alles anvertrauen konnte. Bei ihm waren seine Gedanken sicher. Gerade war er dabei, von Elisabeth Gerhardt zu schwärmen, die er vor wenigen Tagen gezeichnet hatte.

»Vincenz hat mir geholfen«, meinte er nun. »Ich sollte mich bei ihm bedanken.«

»Vincenz hilft immer gerne«, erwiderte Lothar und fügte dann grinsend hinzu: »Er hat eine Art Helfersyndrom.«

»Ja! Da hast du recht.«

»Seht ihr euch denn noch einmal wieder?«, wollte Lothar wissen.

»Ich werde heute Abend wieder zu Walter gehen. Und nach dem Abendessen bekomme ich noch eine halbe Stunde, um Elisabeths Porträt zu vollenden.« Verträumt blickte August in die Ferne. »Weißt du, sie ist von einer besonderen Schönheit. Sie hat diese porzellanhelle Haut. Ganz ebenmäßig und rein. Ihre Wangen leuchten wie saftige Pfirsiche im Hochsommer. Und diese dunklen Augenbrauen geben ihrem Gesicht eine besondere Ausdrucksstärke. Und ihre dunklen Augen erst. Der Wahnsinn! Sie wirken so geheimnisvoll. So unergründlich.«

»Mensch, August, welch poetischen Worte!« Lothar klopfte seinem Freund anerkennend auf die Schulter. »Ich wünsche dir Glück, dass sie sich dich auch noch mal genauer anschaut.«

»Ach, sie sieht mich bestimmt als einen kleinen ungehobelten Möchtegern-Maler. Ich habe ja nicht annähernd etwas zu bieten, was ihrem Lebensstandard entspricht. Von ihrem Elternhaus ist sie ein großzügiges Stadthaus und anspruchsvolle Reisen gewöhnt. Wie soll ich ihr das jemals bieten können?«

»Warte es ab! Ich sehe dich schon als großen Künstler«, erklärte Lothar lächelnd.

August musste schmunzeln. Sein Freund glaubte fest an ihn und seine Leidenschaft, die Malerei. Das gab ihm Hoffnung. Und Selbstvertrauen.

»Du wirst deinen Weg schon machen«, fügte Lothar noch hinzu. »Dessen bin ich mir sicher.«

»Du aber auch«, entgegnete August. »Ich sehe dich schon an einer der ganz großen Universitäten des Landes. Als Philosoph und Menschenfreund wirst du von dir reden machen.«

»Hach, was wäre das doch schön«, seufzte Lothar.

»Wir zwei, wir werden das schaffen.« Augusts Worte waren hell und klar. Noch nie hatte er etwas so sehr gefühlt und vor seinem inneren Auge gesehen wie gerade.

Diese Nachmittage gemeinsam mit Lothar, an denen sie sich ihre Zukunft erträumten, waren einfach herrlich. Dazu das warme gelbliche Licht der Spätsommersonne, das die Blätter der Kastanie orangerot färbte. August saugte die Stimmung ganz tief in sich ein.

Ein gemeinsames Leben mit dieser geheimnisvollen jungen Frau. Konnte er sich so etwas jetzt schon vorstellen? War er nicht eigentlich noch viel zu jung dafür? Er wollte hinaus in die Welt, reisen, malen, leben.

Als ob Lothar seine Gedanken vernommen hätte, meinte er plötzlich: »Ich denke, wir haben beide noch Zeit, zu entscheiden, wohin es für uns im Leben gehen wird. Mal sehe ich mich als Schriftsteller, mal als Philosoph. Aber auch Geschichte interessiert mich sehr. Ich bin einfach erst einmal offen für alles und sehe, wohin mich mein Weg führen wird.«

»Das klingt so weise«, murmelte August. Er war immer wieder beeindruckt von Lothar, der, obwohl er sogar ein halbes Jahr jünger war als August, schon sehr erwachsen war. Seine Gedanken waren immer von einer gewissen Reife und Tiefgründigkeit.

Ähnliches hatte August bei Elisabeth wahrgenommen. Sie war fast ein ganzes Jahr jünger als er, und doch waren ihre Überlegungen sehr klug. Ihre Erfahrungen im Reisen bereits vielfältig. Und ihre Meinung zu Kunst und Kultur ging in Augusts Augen über das Maß der Allgemeinbildung hinaus. Mit ihr hatte er sich wie mit Lothar auf Augenhöhe unterhalten können. Sie hatten einander verstanden, auch ohne etwas zu sagen.

Sie ist etwas Besonderes, ging es ihm durch den Kopf. Er schloss die Augen, hielt sein Gesicht in die wärmenden Strahlen und schloss diesen Gedanken ganz tief in seinem Herzen ein.

KAPITEL 3

Bonn 1903

Gehst du jetzt mit ihm?« Emma schaute sie mit leuchtenden Augen an, ihre Wangen waren vor Aufregung gerötet. Bisher hatte noch keine von ihnen einen Freund gehabt. Elisabeth war die Erste. Aber war sie das wirklich?

Die Freundschaft zu August war in den vergangenen Monaten immer intensiver geworden. Sie sahen sich täglich. Er begleitete sie morgens auf dem Weg zur Schule, holte sie nachmittags vom Klavierunterricht ab, und am Abend spazierte er zusammen mit einem Freund über den großen Platz vor ihrem Haus, so dass sie ihm von ihrem Fenster aus zuwinken konnte. Und es wurde nie langweilig mit ihm. Erst gestern hatten sie einen langen Spaziergang unternommen. Sie hatten die Stadt in südlicher Richtung verlassen – »der Sonne entgegen«, wie August sagte –, waren ein Stück am Rhein entlang spaziert, wo

Ende Januar kaum etwas los war, und hatten sich ziellos über die schneebedeckten Wiesen und Felder treiben lassen, bis sie gegen Spätnachmittag völlig ausgehungert in einem kleinen Gasthaus eingekehrt waren. Der Wirt hatte ihnen Pfannkuchen mit Schinken empfohlen, die Spezialität des Hauses. Es war köstlich gewesen. So köstlich, dass sie es am Ende satt, zufrieden und müde, wie sie waren, nur mit Mühe nach Hause geschafft hatten. Elisabeth war an diesem Abend sofort eingeschlafen, kaum dass sie sich ins Bett gelegt hatte. Beseelt und glücklich von der gemeinsamen Zeit mit August. Mit ihm konnte sie über alles reden. Er teilte ihre Leidenschaft für die Natur, kannte jede Pflanze, jedes Tier beim Namen und öffnete ihr die Augen für die Schönheit der Landschaft. Noch nie zuvor waren ihr die umliegenden Wiesen und Wälder so pittoresk erschienen wie auf den Ausflügen mit August. Er zeigte ihr den Reiz der sich sanft gen Horizont erstreckenden, grün bewaldeten Hügel, die Ästhetik des breiten Rheins, der sich seinen Weg durch die Wiesen und Felder bahnte, und er machte sie darauf aufmerksam, wie malerisch sich die roten Dächer der kleinen Häuschen rings herum in der Landschaft einfügten.

Aber liebten sie sich?

Sie hatten sich noch nicht einmal geküsst. Und allein der Gedanke daran versetzte Elisabeth ein schmerzhaftes Ziehen in ihrem Bauch. Waren romantische Beziehungen nicht immer das Ende einer guten Freundschaft? Was war aus Gretchen und Faust geworden, nachdem sie sich ihre Liebe gestanden hatten? Hätte Effi Briest nicht ein viel glücklicheres Leben geführt, wäre sie nicht von Crampas verfallen? Und Emilia Galotti? Wo man hinschaute, nichts als Leid wegen der Liebe. Nein, darauf hatte sie keine Lust. Sie wollte die tiefe Verbindung zu August durch nichts gefährden.

»Wir sind nur Freunde«, hörte sie sich sagen.

Enttäuscht ließ ihre Freundin von ihr ab. Doch schon kurz darauf breitete sich ein Grinsen auf ihrem Gesicht aus.

»Dann kannst du ja mit mir zur Tanzstunde kommen!«

Eigentlich war das keine schlechte Idee. Zuerst hatte Elisabeth sich davor drücken wollen. Sie fühlte sich unwohl in Gesellschaft der oft lauten und nicht selten von sich selbst eingenommenen Oberprimanern. Auf der anderen Seite wäre es eine Möglichkeit, auch andere junge Männer kennenzulernen. Und es wäre interessant, zu sehen, wie August darauf reagierte. Wenn er sich von ihr abwenden würde, wäre er nicht der Richtige für sie. Sie war immer schon sehr kontaktfreudig und lebenslustig gewesen. Und sie liebte es zu tanzen. Unter den Oberprimanern würde sich hoffentlich auch ein nicht allzu eitler junger Mann finden.

»Ja, ich komme mit.« Sie nickte Emma zu.

Über ihr rauschten die Bäume, die, von den ersten Herbststürmen geschüttelt, bereits fast alle leuchtend roten und gelben Blätter abgeworfen hatten. Das Laub wirbelte durch die Luft, flog über den grauen Asphalt des Schulhofs und türmte sich in den Ecken und Mauernischen zu gewaltigen bunten Bergen auf.

Der Tanzunterricht begann an einem Freitagnachmittag. Es war Ende Oktober, und ein kalter Wind fegte durch die Straßen. Elisabeth hatte sich fein gemacht. Sie trug ihr wadenlanges moosgrünes Wollkleid, das ihre Mutter am Dekolleté mit einer zarten Stickerei aus weißen Blüten verziert hatte. Dazu ihre bequemen schwarzen Lederstiefeletten und eine große rostrote Stola. Wie erwachsen sie plötzlich aussah! Sie betrachte sich im Spiegel – ihre markanten dunklen Augenbrauen, ihre wohlgeformte Nase, die vollen, rosig glänzenden Lippen. Erst durch Augusts Porträts hatte sie erkannte, wie schön sie war.

Liebevoll strich sie sich eine Haarsträhne hinter das Ohr. Schade, dass August sie jetzt nicht sehen konnte. Er war noch zu jung für die Tanzstunde, an der vor allem die Oberprimaner und junge Studenten teilnahmen.

Was hatte Emma gesagt? Es sei der beste Ort, um seinen zukünftigen Ehemann kennenzulernen. Elisabeth war sich nicht sicher, ob sie dafür schon bereit war. Aber neugierig auf die jungen Männer war sie doch. Was war schon dabei? Als sie August von dem bevorstehenden Tanzkurs berichtet hatte, war er plötzlich sehr ruhig geworden. War er etwa eifersüchtig? Elisabeth hatte ihm versprochen, ihm alle Tänze beizubringen, so dass er in ein bis zwei Jahren, wenn auch er an den Tanzstunden teilnehmen konnte, den anderen weit voraus sein würde.

»Die Damen werden sich um dich reißen. Du wirst einer der begehrtesten Herren auf dem Parkett sein«, hatte sie mit einem Augenzwinkern gesagt, als sie zusammen in den Rheinauen gewesen waren, und ihn an den Händen gefasst. Sie waren so zart und stark zugleich. Ganz anders als die Hände ihres Bruders oder ihres Vaters. Vorsichtig hatte sie einen Walzer angestimmt. Eins, zwei, drei … eins, zwei, drei … Dazu summte sie *An der schönen blauen Donau* von Johann Strauss. Sie hatte den Walzer erst vor Kurzem bei einem Konzert in der Beethovenhalle gehört und wusste, dass August ihn auch kannte. Beim Tanzen waren sie sich so nah wie noch nie gekommen. Augusts Gesicht ganz dicht an ihrem. Ihre Hände ineinander verschlungen. Und doch war es nicht mehr gewesen als ein gemeinsamer Tanz zweier Freunde. Zumindest Elisabeth hatte es so empfunden. Ob August das auch so sah? Nach einigen Drehungen hatte er sie hochgehoben und im Kreis durch die Luft gewirbelt, bis sie prustend im weichen Gras gelandet waren. Sie hatten eine Ewigkeit dagelegen, in den Himmel geschaut und den Zugvögeln nachgesehen, die ihre Reise gen Süden antraten.

Mit einem Lächeln dachte Elisabeth zurück an diesen Tag. Wie wohl sie sich gefühlt hatte mit August an ihrer Seite. Wild und frei. Hoffentlich waren auch die Tanzstunden so fröhlich und unbeschwert, wie es die gemeinsame Zeit mit August war.

»Mein Fräulein, darf ich Ihnen den Mantel abnehmen?« Ein Junge von ungefähr zehn Jahren mit Knickerbockern und Schiebermütze streckte ihr mit einer eleganten Geste die Hand entgegen, als Elisabeth das Wirtshaus *Zum grünen Baum* betrat. Sie war froh, dass sie sich für den dicken Wintermantel entschieden hatte. Obwohl die Sonne schien, war es schon empfindlich kalt draußen. Dankbar reichte sie ihm ihre Kleidung und zupfte sich ihre Frisur vor einem Spiegel zurecht.

Kurz darauf kam auch schon Emma. Ihre Stimme überschlug sich fast: »Es herrscht natürlich ein Überschuss an Damen. Wie immer! Nie können die Tanzlehrer ihre Kurse so arrangieren, dass es ausgeglichen ist. Was ist, wenn ich keinen Herren abkriege?«

Elisabeth strich ihrer Freundin beruhigend über die

Wange. Sie war so eine hübsche junge Frau. In ihrem dunkelblauen langen Kleid, das mit kleinen cremefarbenen Perlen besetzt war, wirkte sie richtig festlich. Ihre langen braunen Haare hatte sie kunstvoll zu einem tiefsitzenden Knoten zusammengesteckt. Ein paar lockige Strähnen rahmten ihre feinen Gesichtszüge.

»Du wirst ganz sicher jemanden finden, Emma. Mach dir keine Sorgen. Und wenn nicht, dann tanzen wir beide eben miteinander.« Sie zwinkerte ihrer Freundin aufmunternd zu.

Plötzlich erklang laute Musik. Ein junger Mann, der am Ende des Raumes in einer Ecke saß, wiegte sich rhythmisch im Takt seines Schifferklaviers.

Von der anderen Seite ertönte eine tiefe Männerstimme: »Meine Damen und Herren, bitte nehmen Sie Ihre Plätze ein. Wir beginnen in wenigen Minuten mit unserer Tanzstunde.« Ein kleiner dicklicher Mann in feinem Frack und Weste trat in die Mitte des Tanzsaals, der sich im hinteren Teil des Wirtshauses befand.

Elisabeth und Emma hatten sich zu den übrigen jungen Damen am linken Rand der Tanzfläche gesellt, während die Herren – der Größe nach – am gegenüber liegenden Rand standen. Die Spannung war spürbar.

Die Musik verstummte, und der kleine Mann betrat wieder die Tanzfläche. »Willkommen in der Tanzschule Funke. Ich bin Friedemann Funke, Ihr Tanzlehrer.« Er räusperte sich. »Gemeinsam werden wir in wenigen Monaten das gesamte Repertoire des Gesellschaftstanzes kennenlernen. Vom klassischen Walzer über die edle Française bis hin zum fröhlichen Rheinländer. Bitte beachten Sie, auch auf dem Tanzboden halten wir uns stets an die Etikette. Das gilt besonders für die jungen Herren.« Er warf den Männern einen eindringlichen Blick zu. »Wir sind stets um das Wohlergehen unserer Damen bemüht.«

Ein Raunen ging durch die Reihen.

»Nun dann, mein Sohn Anton wird für Sie aufspielen. Wir beginnen mit einem einfachen Walzerschritt.« Friedemann Funke wirbelte elegant über das Parkett, was Elisabeth ihm auf Grund seiner korpulenten Figur gar nicht zugetraut hätte. Flink schnappte er sich eines der Mädchen, das etwas zu nah an der Tanzfläche gestanden hatte, zog es zu sich heran und legte los.

»Meine Herren, sehen Sie her!«, rief er und hatte Mühe, die laute Musik des Akkordeonisten zu übertönen. »Wir beginnen mit dem rechten Fuß einen Schritt nach vorne, sanft zeigen wir unserer Dame die Richtung an.« Er drückte mit seinem rechten Knie vorsichtig gegen das Knie des Mädchens. »Die Damen fangen mit links an. Nach hinten. Und eins.« Er schob seine Tanzpartnerin gefühlvoll zurück. »Dann mit dem linken Fuß einen Schritt nach links. Zwei. Und den rechten Fuß hinterher. Drei. Dann links nach hinten. Eins. Rechts zur Seite. Zwei. Linker Fuß ran. Drei!«

Mittlerweile brüllte er fast. Schweißperlen standen ihm auf der Stirn. Die langen schwarzen Schnurrbarthärchen zitterten im Takt der Musik. Elisabeth musste sich ein Lachen verkneifen. Herr Funke gab ein groteskes Bild ab, zumal er deutlich kleiner war als seine Tanzpartnerin.

Auch die anderen schienen den lustigen Anblick bemerkt zu haben. Von den Seiten hörte sie leises Kichern. In diesem Moment sah sie ihn. Ein schlanker junger Mann, fast einen Kopf größer als sie, mit dunklen Haaren und einem kleinen Bart zwischen Nase und Oberlippe. Auf den ersten Blick hatte er Ähnlichkeit mit August. Aber er wirkte reifer. Unverhohlen starrte er sie an.

War das ein Lächeln?

Vorsichtig lächelte sie zurück.

»Darf ich bitten?«

Nachdem Herr Funke den Grundschritt des Walzers, den ohnehin schon alle kannten, unter größten Kraftanstrengungen eindrucksvoll erklärt hatte, durften die Herren ausschwärmen und sich ihre Tanzpartnerinnen suchen. Emma wurde als Erste angesprochen. Kein Wunder! Sie sah einfach umwerfend aus. Auch für das Mädchen zu Elisabeths Linken hatte sich schnell jemand erwärmt. Ein großer schlaksiger Junge mit roten Strubbelhaaren und Sommersprossen im Gesicht. Elisabeth merkte, dass sie nervös war. Die Damenreihe lichtete sich. Unsicher schaute sie sich um.

Plötzlich erklang eine angenehm dunkle Stimme an ihrem linken Ohr. Der gut aussehende dunkelhaarige Mann stand direkt hinter ihr und hielt ihr seine Hand entgegen.

»Darf ich bitten?«, fragte er noch einmal. Er blickte ihr tief in die Augen. Erleichtert ergriff Elisabeth die Hand des Unbekannten.

Nach einer Stunde rhythmischer Akkordeonklänge und wiegender Walzerschritte traten die Tanzschüler mit glühend roten Wangen vor das Wirtshaus in die angenehm kühle Abendluft hinaus. Es war ein wildes Durcheinander von Stimmen und klappernden Absätzen, während sie in kleinen Gruppen die Straße hinuntergingen. Der gut aussehende junge Mann mit dem glänzenden braunen Haar war noch immer an Elisabeths Seite. Er hieß Georg Lohmeyer und war Jurastudent im zweiten Semester, wie sie in einer kurzen Tanzpause erfahren hatte. Er hatte leuchtend grüne Augen und eine kleine Narbe über der linken Augenbraue. Seine Hände waren angenehm weich, und – wovor Elisabeth sich zu Beginn des Kurses gefürchtet hatte – sie waren nicht feucht oder schwitzig, sondern warm und trocken gewesen. Er hatte ein nettes Lächeln, war sehr höflich, aufmerksam und hatte ein gutes Gefühl für Rhythmus. Elisabeth hatte sich rundum wohlgefühlt und war froh, dass sie einen so netten Tanzpartner gefunden hatte.

Auch Emma schien mit ihrem Herren zufrieden zu sein. Die beiden gingen ein Stück vor ihr und amüsierten sich prächtig.

»Darf ich Sie nach Hause begleiten?«, fragte Georg und bot Elisabeth seinen Arm an.

»Vielen Dank, ja, das wäre sehr nett.« Lächelnd hakte sie sich bei ihm ein.

Die Sonne war gerade untergegangen. Am westlichen Horizont leuchtete noch ein schmaler orangeroter Streifen. Und in den Straßen wurde es langsam dunkel. So sehr Georg Elisabeth auf den ersten Blick an August erinnert hatte, so unterschiedlich waren sie doch. August, der vor Energie und Lebensfreude nur so sprühte. Mit dem man lachend durch die Natur laufen konnte, nichts als den Wind in den Haaren und Glücksgefühle im Bauch. Und Georg, ein ernster junger Mann, der es vorzog, langsam und gesittet durch die Straßen zu flanieren und Gespräche über Politik und Wirtschaft zu führen.

Neben ihm fühlte sich Elisabeth plötzlich sehr erwachsen. War so die Liebe? Sollte das womöglich ihr zukünftiger Ehemann sein?, ging ihr ein Gedanke durch den Kopf, den sie gleich wieder beiseiteschieben wollte. Sie sehnte sich nach einem stillen Ort, um in Ruhe über alles nachdenken zu können.

Als sie fast an ihrem Elternhaus angekommen waren, entdeckte sie eine dunkle Gestalt, die sich von einer Hauswand auf der gegenüber liegenden Straßenseite löste. Im schwachen Lichtkegel der Gaslaterne erkannte Elisabeth Augusts großen schwarzen Schlapphut. So ein Mist! Sie hatte gehofft, dass er an diesem Abend nicht auf sie warten würde. Auch wenn sie sich immer sehr über seinen abendlichen Gruß freute. Ausgerechnet heute war es unpassend.

Langsam kam er auf sie zu. Georg hatte den Fremden noch gar nicht bemerkt, sprach gerade von der für ihn sehr spannenden wirtschaftlichen Beziehung zwischen Deutschland und Großbritannien und war überrascht, als August plötzlich vor ihnen stand.

»Guten Abend, die Herrschaften.« August zog seinen Hut zu einem kurzen Gruß und warf Elisabeth im Vorbeigehen einen tiefen Blick zu. Sie wollte etwas sagen, doch er blieb nicht stehen, setzte seinen Hut wieder auf und ging weiter seines Weges.

Elisabeth klopfte das Herz. Ein Stich fuhr durch ihr Herz. Sie fühlte sich wie eine Verräterin, am Arm eines anderen durch die Straßen zu spazieren und hochgestochene Gespräche über Wirtschaft und Politik zu führen. Das passte nicht zu ihr. Oder doch? Musste sie langsam erwachsen werden? Sich August aus dem Kopf schlagen? Ihr Magen krampfte sich schmerzhaft zusammen. Ihre Beine wurden mit einem Mal schwer, und in ihrem Kopf begann es zu pochen.

»Ich würde mich jetzt gerne verabschieden«, hörte sie sich heiser sagen. Sie machte einen kleinen Knicks, bedankte sich für den angenehmen Tanzabend. Dann ging sie mit schnellen Schritten auf die kleine grüne Gartenpforte zu, schloss die Tür auf und betrat das Haus, ohne sich noch einmal umzusehen.

KAPITEL 4

Bonn 1904

Dieser Duft! Wie hatte sie die kalte Jahreszeit nur überstehen können ohne all diese wunderbaren Gerüche? Süßlicher Flieder mischte sich mit blumigem Jasmin, frisch geschnittenes Gras wetteiferte mit dem würzigen Geruch der Azaleen. Elisabeth schloss die Augen und atmete tief ein. Hinter ihr knisterte es. August zwängte sich durch das vom dichten Gebüsch fast vollständig verdeckte, schmiedeeiserne Tor und gesellte sich zu ihr.

»Na, habe ich dir zu viel versprochen?«, triumphierte er und zog sie mit sich auf die kleine Rasenfläche, die vor ihnen lag. Sie war über und über mit leuchtend gelben Butterblumen und saftigem Klee bedeckt. In der Mitte stand eine große alte Weide, deren Blätter sich wie getriebenes Silber von dem klaren Blau des Himmels abhoben. Nein, August hatte nicht zu viel versprochen, als er ihr von der

Schönheit des städtischen Museumsgartens hinter der Villa Obernier, einer der letzten im klassizistischen Stil errichteten Villen entlang des Rheinufers, erzählt hatte. So musste es im Paradies aussehen!

Elisabeth ließ sich mit einem zufriedenen Seufzer in das weiche Gras fallen. In einem Baum tirilierte ein Rotkehlchen aus Leibeskräften. Unter den Hecken zwitscherten die Amseln und Drosseln, und irgendwo in den Rhododendronbüschen hatte sich der kleine Zaunkönig versteckt und sang sein schönstes Lied.

Unwillkürlich dachte sie an die verwunschenen Gärten von Venedig, die sie erst vor Kurzem auf einer Italienreise mit ihrem Onkel, dem Maler Brüne, ihrer Mutter und ihrem Bruder Walter gesehen hatte. Von Venedig aus waren sie über Florenz und Rom bis nach Neapel gereist. Im Anschluss hatten sie sogar noch die Basare in Tunis besucht. Ein Traum aus *Tausendundeiner Nacht*. Von allen Stationen hatte sie August Postkarten geschickt. Er brannte sicher darauf, zu erfahren, was sie noch alles erlebt hatte.

Im nächsten Moment spürte sie, wie er sich neben sie ins Gras fallen ließ.

»Sind die Basare wirklich so atemberaubend schön, wie du geschrieben hast?« Er hatte sich auf die Seite gedreht, einen Arm aufgestützt und schaute sie neugierig an. Seine Augen leuchteten.

Er war so neugierig und voller Wissensdurst. Aufgeregt

begann sie zu erzählen. Sie schwärmte von der venezianischen Gondelfahrt auf dem Canale Grande, dem magischen Anblick der Lagunenstadt vom Wasser aus. Sie berichtete von ihrem Besuch in den florentinischen Uffizien und der atemberaubenden Schönheit der Sixtinischen Kapelle in Rom. Natürlich ließ sie auch die köstlichen italienischen Nudelgerichte nicht aus. Allen voran die hauchdünnen Teigtaschen, die sie an schwäbische Maultaschen erinnert hatten, jedoch um ein Vielfaches feiner ausgearbeitet und mit den unterschiedlichsten Pasteten gefüllt waren. Eine Delikatesse!

August hörte wie gebannt zu. Er wollte alles ganz genau wissen, machte sich Skizzen in sein großes Malbuch, das er stets unter dem Arm bei sich trug, und saugte ihre Berichte förmlich auf. Bald schon war es zu dunkel, um noch vernünftig zeichnen zu können. Die Sonne war längst untergegangen, und es wurde langsam kühl zwischen den hohen Büschen.

»Wir sollten nach Hause gehen.« Elisabeth seufzte. Am liebsten wäre sie für immer hier liegen bleiben. Mit August an ihrer Seite fühlte sie sich sicher und geborgen. Ihm konnte sie alles erzählen. Ganz im Gegensatz zu Georg, den sie vergangenen Winter in der Tanzschule kennengelernt hatte. Er war zwar zuvorkommend und höflich gewesen, doch fehlten ihm die Lockerheit und Spontanität. Immerzu hatte er über ernste wirtschaftliche und politische

Fragestellungen debattiert. Auch Elisabeth interessierte sich für Wirtschaft und Politik, aber eben auch für andere Dinge wie Malerei und Musik. So spannend er ihr am Anfang erschienen war, so langweilig hatte sie die gemeinsamen Gespräche nach einiger Zeit empfunden. Aus Anstand war sie noch mit ihm zum Abschlussball gegangen. Was für ein opulentes Fest! Sie hatte zum ersten Mal ein bodenlanges Kleid getragen, das mit kleinen Perlen und zarter Spitze besetzt war. Georg hatte ihr ein prächtiges Blumenbouquet geschenkt – weiße Rosen, rosafarbene Ranunkeln und feinstes Schleierkraut. Der Traum einer jeden Braut. Nur wollte sie nicht seine Braut sein. Auch wenn sie zuvor noch daran gezweifelt hatte, an jenem Abend war sie sich plötzlich ganz sicher gewesen.

August sprang als Erster auf. Er streckte Elisabeth seine Hand entgegen und zog sie mit einem kleinen Schwung nach oben zu sich heran. Ihr Gesicht war plötzlich ganz nahe an seinem. Sie spürt seinen Atem auf ihrer Haut. Nahm seinen Geruch wahr, eine Mischung aus Lavendelseife und frischem Gras. Schüchtern blickte sie ihm in die Augen. So nah waren sie sich noch nie zuvor gekommen. Sie überlegte, ob sie etwas sagen sollte, doch ihr kam kein einziges Wort über die Lippen. Wie gebannt stand sie da mit klopfendem Herzen.

Dann, ganz langsam, nahm August ihr Gesicht in seine Hände. Sanft zog er sie noch ein Stück näher zu sich heran.

Als seine weichen Lippen ihren Mund das erste Mal berührten, war Elisabeth wie elektrisiert. Es fühlte sich an, als würde ein Schwarm von tausend Schmetterlingen erwachen und sich einen Weg durch ihren Körper bahnen. Das Kribbeln stieg auf in ihre Kehle, erfasste ihr Herz, rann ihr durch die Arme bis in die Fingerspitzen und ließ ihre Hände leise zittern. So etwas Wundervolles hatte sie noch nie zuvor gespürt.

Erst zaghaft, dann immer mutiger erwiderte sie seinen Kuss. Der kurze Moment kam ihr vor wie eine Ewigkeit. Nie wieder wollte sie etwas anderes fühlen als seine weichen Lippen auf ihren.

»Ich könnte ewig so dastehen«, flüsterte August. Ein Lächeln huschte über sein Gesicht. »Aber du hast recht, wir sollten heim gehen. Es wird bald dunkel sein.« Er legte einen Arm um sie. Unter dem anderen trug er sein reich gefülltes Skizzenbuch.

Auf dem Nachhauseweg konnte sie nichts mehr halten. Übermütig fassten sie sich an den Händen und liefen wild wie zwei kleine Kinder die Straßen entlang. Ihr Glück sollte nun jeder sehen. Es war ihnen egal, was die Leute redeten.

An einer Gartenpforte blieb August stehen. Er reckte seinen Arm über den Zaun und brach eine dunkle, schwere Rose aus einem prächtigen Busch. Liebevoll steckte er sie Elisabeth ins Haar.

»Du bist wunderschön«, flüsterte er.

Es fiel ihr schwer, ihn gehen zu lassen. Von der Tür zu ihrem Elternhaus aus schaute sie ihm nach, bis er in der Dunkelheit verschwunden war und nur noch seine Schritte auf dem Kopfsteinpflaster nachhallten.

Was für ein Glück sie doch hatte! Verträumt nahm sie die Rose aus dem Haar. Sie war blutrot und duftete nach reifen Erdbeeren. Vorsichtig wickelte sie die Blume in ihr Taschentuch. Sie würde sie trocknen und aufbewahren. So blieb ihr dieser Tag für immer in Erinnerung, ganz gleich, was die Zukunft auch bringen mochte.

Schon am nächsten Tag war August mit einer weiteren glücklichen Nachricht zu ihr gekommen. Sein Vater, der sich so lange gegen Augusts Wunsch, die Kunstakademie in Düsseldorf zu besuchen, gesperrt hatte, hatte eingewilligt. Nun würde August seinen Traum, Maler zu werden, verwirklichen können. Elisabeth umarmte ihn und gab ihm einen innigen Kuss. Noch war es ungewohnt für sie. Waren sie nicht eben noch die besten Freunde gewesen? Wie Bruder und Schwester. Ein Herz und eine Seele. Und jetzt waren sie ein Liebespaar.

Ihre Eltern durften davon jedoch nichts wissen. Sie hatten ausgemacht, dass sie ihre Liebe vorerst für sich behalten würden. Auch wenn das Versteckspielen über die Zeit anstrengend sein würde. Elisabeth ahnte, dass ihr Vater die Beziehung sonst verbieten würde. So konnte August jede Woche unter dem Vorwand, sie porträtieren zu wollen, zu ihnen nach Hause kommen. Und wenn sie gemeinsame Spaziergänge unternahmen, gab Elisabeth vor, er würde ihr Zeichenunterricht in der freien Natur geben.

Oft vergaßen sie vor lauter Gesprächen das Malen, so dass August ihr, kurz bevor sie nach Hause ging, noch schnell eine kleine Skizze in ihr Malbuch zeichnete. Er ließ sie dann extra etwas unbeholfen erscheinen, damit niemand Verdacht schöpfte.

Ende September war es so weit. Er würde nach Düsseldorf auf die Kunstakademie gehen. Die Nachmittagssonne stand schon tief über den Wiesen und tauchte die Landschaft um sie herum in ein golden schimmerndes Licht. Beklommen fasste Elisabeth August an der Hand, als sie von ihrem letzten gemeinsamen Spaziergang nach Hause liefen.

»Wirst du mich denn mal besuchen?«, fragte sie leise, fast flüsternd und schaute August traurig an.

»Ich werde einmal im Monat für ein Wochenende nach Bonn kommen. Am Sonntag werde ich mit meiner Familie zu Mittag essen, und vorher haben wir einen ganzen Vormittag Zeit. Nur für uns.« Er strich ihr liebevoll eine Haarsträhne aus dem Gesicht und gab ihr einen Kuss auf die Stirn. »Wir werden uns nicht aus den Augen verlieren, das verspreche ich dir.« Eine Träne rollte Elisabeth die Wange hinunter. Behutsam wischte er sie weg.

»Weine nicht, meine Schöne. Wir haben uns. Das ist das Einzige, was zählt. In Gedanken bin ich immer bei dir.«

Seine Worte waren wie Balsam für Elisabeths wunde Seele. Sie wusste, dass sie die Wochenenden sehnlichst erwarten würde. Aber untätig sein wollte sie in der Zwischenzeit auch nicht. Es gab viel zu tun. Ihr Schulabschluss stand bevor, und sie brannte darauf, sich auf die Bücher zu stürzen, um den Trennungsschmerz für eine Weile zu vergessen. Würde er sie wirklich noch lieben, wenn er das nächste Mal nach Bonn kam?

KAPITEL 5

Bonn 1904

Ihr Wiedersehen kam schneller als gedacht und verlief ganz anders, als Elisabeth es sich erhofft hatte. Es war ein nasskalter, grauer Morgen Ende Oktober. Sie war gerade auf dem Weg zur Schule, da sah sie ihn. Mit hastigen Schritten kam August die Straße herunter direkt auf sie zu. Doch er nahm sie kaum wahr. Seine Augen wirkten starr, sein Gesicht war leichenblass. Im Vorbeigehen murmelte er etwas. Elisabeth eilte ihm hinterher, hatte jedoch Mühe mitzuhalten.

»Was ist los, August? Warum bist du hier? Ich dachte …«

Er kramte einen abgegriffenen Fetzen Papier aus seiner Jackentasche und hielt ihn ihr hin. Ein Telegramm. Elisabeth stockte der Atem, während sie las. Es war von seiner Mutter. Sein Vater liege im Sterben, er müsse sich beeilen, wenn er ihn noch einmal sprechen wolle.

Nun rannte August fast. Vollkommen außer Atem erreichten sie sein Wohnhaus. Er stürmte durch das hölzerne Gartentor, die wenigen Stufen bis zur Tür hinauf.

Als Elisabeth endlich auch den Hauseingang erreicht hatte, stand August mitten im Flur. Seine Arme hingen schlaff an ihm herunter. Sein Hut war ihm aus der Hand gefallen und lag am Boden vor seinen Füßen.

»Er ist tot«, flüsterte er mit heiserer Stimme. Seine Augen starrten ausdruckslos ins Leere.

Elisabeth wollte etwas sagen, ihn in den Arm nehmen, küssen und beruhigen. Doch es ging nicht. Seine Mutter und seine Schwestern waren hinzugekommen. Tränen liefen ihnen über die Wangen. Auch August bebte. Zwar hatte er sich seine Anerkennung als Künstler bei seinem Vater zeitlebens schwer erkämpfen müssen, doch er hatte ihn zutiefst geliebt und verehrt.

Elisabeth trat einen Schritt vor und fasste August mitfühlend an der Hand.

Ihr fiel eine Zeichnung auf, die gleich neben der Tür zum Wohnzimmer hing. Sie war in einen schmalen schwarzen Holzrahmen eingefasst und zeigte den alten August Friedrich Macke auf dem Sterbebett. Sein Kopf ruhte auf einem Kissen, die Wangen waren eingefallen, die Nase knochig und spitz. Leidend, fast flehend, blickte er den Betrachter an. Die Zeichnung konnte nur wenigen Wochen alt sein. Mit feinen Strichen hatte August die letzten Lebenstage seines Vaters eingefangen. So gefühlvoll und zart, so voller Liebe.

Würde August den Mut haben weiterzumachen, und könnte er das überhaupt? Auf die Familie kamen nun erhebliche finanzielle Belastungen zu. Elisabeth hoffte, dass August den Mut haben würde, für seinen Traum vom Leben als Maler zu kämpfen. Und sie war bereit, ihm zu helfen. Ja, sie würde an seiner Seite sein und ihn auf seinem Weg unterstützen.

Entschlossen trat sie neben ihn und schaute zu ihm hinauf. In seinen Augen glänzten die Tränen. Sie legte so viel Mitgefühl in ihren Blick, wie sie konnte, und drückte fest seine Hand. »Ich bin bei dir«, flüsterte sie.

Elisabeth überlegte fieberhaft, wie sie August helfen konnte. Es war ihr sehr schwergefallen, ihn zurück nach Düsseldorf fahren zu lassen, so traurig und unglücklich, wie er war. Auf der Akademie hatte er noch nicht recht Anschluss gefunden. Die Malklasse, in der ausschließlich nach Gipsmodellen gezeichnet wurde, war ihm ein Graus, wie er ihr beklommen erzählt hatte. Sie fürchtete, dass er seinen Traum aufgeben würde. Dabei besaß er so ein großes Talent. Er musste unbedingt weitermalen.

In der Hoffnung, sich ein wenig ablenken zu können, begann sie, in ihrem derzeit liebsten Buch, einem schmalen Erzählband des rheinischen Dichters Wilhelm Schmidtbonn, zu blättern. Dessen Texte über die Landschaft und die Leute entlang des Rheins hatten es ihr auf eine besondere Art angetan. Sie hätte nicht sagen können, warum. Die Sprache wirkte oft schwer und getragen. Und doch fand sie sowohl Trost als auch Unterhaltung in dem Geschriebenen. Ob das auch etwas für August war? Er war doch auch ganz versessen auf gute Geschichten. Und er liebte das Rheinland, ihre Heimat.

Angestrengt überlegte Elisabeth, wie sie August auf den Schriftsteller aufmerksam machen konnte. Sie hatten ausgemacht, sich nicht zu schreiben.

Wenn August vorhatte, nach Bonn zu kommen, sandte er ihr über ihre Freundin Emma, die seit Kurzem am Konservatorium in Düsseldorf studierte, eine kleine Nachricht zu. So trafen keine auffälligen Briefe bei ihr zu Hause ein, und sie konnten ihre Liebe weiterhin geheim halten. Elisabeth war sofort einverstanden gewesen, als August ihr von dieser Idee berichtet hatte. Und doch, über einen Brief, etwas Handgeschriebenes von ihrem Liebsten hätte sie sich nun sehr gefreut. Sie vermisste August zutiefst und aus ganzem Herzen.

Unschlüssig hielt sie das Buch in den Händen. Emma würde erst Ende der Woche wieder in Bonn sein. So lange konnte sie nicht warten. Aber ihr blieb nichts anderes übrig, wenn sie sich an ihre Vereinbarung halten wollte. Hoffentlich war es dann nicht schon zu spät.

»Am Sonntagnachmittag, sagst du? O nein! Das geht nicht!« Erschrocken schaute Elisabeth ihre Freundin Emma an. Tränen stiegen ihr in die Augen. »Da bin ich doch bei den Fischers eingeladen.« Sie begann, zu schluchzen.

Endlich würde August wieder in Bonn sein. Und was machte sie? Sie hatte nichts Besseres zu tun, als sich von einem älteren Ehepaar, für das sie ab und an einkaufen ging, zum Kaffee und Kuchen einladen zu lassen.

Emma nahm sie tröstend in den Arm.

»Fährst du noch mal zurück nach Düsseldorf?«, schluchzte Elisabeth verzweifelt.

»Nein, leider nicht. Ich bleibe über das Wochenende. Fried kommt auch.«

August Friedrich Krono, genannt Fried, war ihr neuer Freund. Ein netter Kerl. Er war fünf Jahre älter als Emma und studierte Kunstgeschichte. Vielleicht war er ja der Richtige. Elisabeth würde es ihrer Freundin wünschen. Seit dem Tanzkränzchen, wo sie mit ihrem anfangs so netten Tanzpartner, der sie dann just zum Abschlussball hatte sitzen lassen, so eine Schmach erleiden musste, hatte sich Emma nicht mehr mit Männern getroffen.

»Ich habe die Nase voll!«, war es ihr damals wütend herausgerutscht. »Männer sind doch alle gleich. Ich werde bestimmt glücklicher ohne Mann!«

Elisabeth hatte sie fest in den Arm genommen. »Alles wird gut. Der Richtige kommt schon noch.«

Und tatsächlich. Nur ein halbes Jahr später war Emma Fried begegnet. Und der schien ein anständiger junger Mann zu sein nach allem, was Emma von ihm berichtet hatte. Liebevoll, aufmerksam und gebildet noch obendrein.

Ein Stich fuhr Elisabeth durch das Herz. Wie gerne wäre sie jetzt bei August gewesen! Wenn sie gekonnt hätte, wäre sie sofort nach Düsseldorf gefahren. Aber noch musste sie in Bonn bleiben, um die Schule zu beenden. Sie konnte es kaum erwarten, endlich frei zu sein.

»Warum schreibst du ihm nicht einfach?«, hörte sie Emma fragen.

»Wir haben vereinbart, uns nicht zu schreiben«, antwortete sie abwesend.

»Warum das denn?« Emma schaute sie ungläubig an. »Ist es nicht das Schönste, sich gegenseitig liebe Briefe zu schreiben? Also Fried und ich, wir könnten darauf nicht verzichten. Erst neulich hat er mir …« Sie hielt inne. Es schien ihr vermutlich unpassend, in dieser Situation von Fried zu schwärmen. Deshalb fügte sie hastig hinzu: »Also, ich an deiner Stelle würde ihm einfach schreiben. Abmachung hin oder her. Du willst ihn doch nicht unnötig warten lassen, oder?«

»Nein, das wäre wirklich blöd.« Elisabeth zögerte. »Und wenn er mir dann böse ist?«

»Das glaubst du doch nicht wirklich, oder? August ist so ein lieber Kerl. Und so verliebt in dich!« Emma lächelte. »Er könnte dir niemals böse sein.«

Elisabeth war dankbar für Emmas Ermunterungen. Mutig ging sie zur Post und schickte August ein kurzes Telegramm mit dem Vorschlag, sich am kommenden Sonntag erst nach ihrer Kaffeetafel bei den Fischers zu treffen. Es würde dann zwar schon dunkel sein, und sie hätten nur noch wenige Stunden gemeinsam, aber es wäre allemal besser, als August gar nicht zu sehen.

Für den Nachmittagskaffee bei dem Ehepaar Fischer hatte sich Elisabeth besonders hübsch gemacht. Sie hatte ihren feinen schwarzen Mantel angezogen, die Lederstiefeletten poliert und die Haare mit einer funkelnden Silberspange hochgesteckt.

»Wie hübsch Sie wieder aussehen, Elisabeth«, hatte die alte Marie Fischer sie begrüßt. Sie ging auf die siebzig zu und war nicht mehr gut zu Fuß, weshalb Elisabeth zweimal in der Woche für sie einkaufte. Meist brachte sie ihr einen

Laib Brot, ein Stück Käse – es musste der Billigste sein, die Fischers lebten von dem wenigen Ersparten, das Lothar Fischer als Maurermeister verdient hatte – und etwas Speck. Nur einmal im Monat kam Walter mit und schleppte einen großen Sack Kartoffeln bis in die Speisekammer des alten Pärchens. Elisabeth bewunderte die beiden. Obwohl sie so wenig zum Leben hatten, schienen sie glücklich zu sein. Sie strahlten eine Zufriedenheit aus, wie man sie selten zu sehen bekam. Dass Frau Fischer sie zum Kaffee eingeladen hatte, war Elisabeth sehr unangenehm gewesen. Sie wusste, dass sich das Ehepaar ihr Stück Kuchen zuvor eine Woche lang vom Munde hatte absparen müssen. Trotzdem hatte sie zugesagt. Denn sie war gerne bei den beiden und wollte Marie Fischer nicht vor den Kopf stoßen.

Es war behaglich in ihrer kleinen Stube. Auf dem rotbraunen Esstisch aus Holz lag eine feine blütenweiße Häkeldecke. In der Mitte stand ein Strauß getrockneter Kornblumen, die an den Sommer erinnerten. Auf den cremefarbenen Porzellantellern lagen drei winzige Stücke Streuselkuchen. Dazu gab es je eine Tasse Kaffee. Elisabeth schmeckte, dass er mit heißem Wasser gestreckt worden war. Aber sie ließ sich nichts anmerken. Trotz des großen Altersunterschiedes verstand sie sich prächtig mit den beiden. Sie mochte es, ihrem nach so langer Zeit des Zusammenseins immer noch verliebt klingenden Necken zu lauschen.

»Kornblumen erinnern mich immer an meine Kindheit«, sagte Marie Fischer verträumt und rückte die kleine Vase zurecht, bevor sie sich neben ihren Mann an den Tisch setzte. »Damals wohnten meine Eltern und ich auf einem großen Bauernhof. Meine Mutter hat dort als Magd gearbeitet, und mein Vater war für das Vieh zuständig. Es war eine gute Zeit. Wir Kinder konnten den ganzen Sommer über in den Wiesen und Feldern toben. Am schönsten war es, wenn die Kornblumen blühten. Es war so herrlich anzuschauen. Gelbe Weizenfelder, leuchtend roter Klatschmohn und dazwischen das strahlende Blau der Kornblumen.« Sie geriet ins Schwärmen.

»So? Das hast du mir ja noch gar nicht erzählt«, meldete sich Lothar Fischer zu Wort. Er warf seiner Frau einen erstaunten Blick zu.

»Habe ich nicht?«

»Nein. Na, so was! Da ist man schon so viele Jahre verheiratet, und dann erfährt man doch noch etwas Neues.« Er schaute amüsiert zu Elisabeth hinüber.

»Ich habe dir noch ganz viel nicht erzählt«, neckte Marie Fischer ihn. Und mit einem Zwinkern fügte sie hinzu: »Es muss doch schließlich spannend bleiben.«

Wie verliebt die beiden waren! Elisabeth seufzte. Ob sie auch einmal so alt und glücklich zusammen mit August am Tisch sitzen würde? Es war ihr egal, ob sie sich dann ein Stück Kuchen oder eine richtige Tasse Kaffee würde leisten können. Hauptsache, August war an ihrer Seite.

Es goss in Strömen, als Elisabeth das Haus der Fischers wieder verließ. Sie ging ein Stück die Straße hinunter. An der nächsten Ecke blieb sie stehen und schaute sich unsicher um. Ob August bei diesem Wetter kommen würde? Der Regen prasselte auf den kopfsteingepflasterten Weg und spritzte zu allen Seiten. Innerhalb kurzer Zeit war sie durchnässt. Weit und breit war niemand zu sehen. Enttäuscht wollte sie umkehren und sich auf den Heimweg machen, da sah sie ihn. Eilig stürmte August auf sie zu. Den Kragen seines dunkelblauen Wollmantels aufgestellt, um den Nacken vor dem Regen zu schützen. Der nasse Schlapphut hing ihm tief in das Gesicht, von seiner Nasenspitze tropfte das Wasser.

»Gott sei Dank!«, rief er schon von Weitem. »Ich dachte, ich schaffe es nicht mehr rechtzeitig.«

Er blickte sich verstohlen um. Niemand war auf der Straße. Sanft zog er Elisabeth zu sich heran und gab ihr einen leidenschaftlichen Kuss. Er schmeckte angenehm nach Kaffee und Schokolade. In seinen Armen war es, als wären sie nie getrennt gewesen. Liebevoll strich Elisabeth ihm über die Wange. Sein Gesicht war blass und schmal geworden.

»Bekommst du auch genug zu essen in Düsseldorf?«, fragte sie besorgt.

»Klar, mach dir keine Sorgen. Ich komme schon zurecht.« Er versuchte ein Lächeln, doch es gelang ihm nicht. Der schmerzhafte Verlust seines Vaters nagte noch immer an ihm. Ganz dünn war er geworden. Durch den dicken Mantel hindurch spürte sie seine knochigen Schultern.

Es wurde Zeit, dass er mit Menschen in Kontakt kam, bei denen er sich wohlfühlen konnte. Sie hatte ihre Familie, ihre Freundinnen und die Fischers. Aber auch August brauchte Freunde, die ihm in der Ferne über den Schmerz hinweghelfen und ihn ablenken konnten.

»Hast du schon von dem Dichter Wilhelm Schmidtbonn gehört?«, fragte sie möglichst beiläufig. Von ihrem Onkel, dem Maler Brüne aus München, hatte sie erfahren, dass Schmidtbonn in der Nähe von Düsseldorf lebte.

August sah sie fragend an.

»Ich lese zurzeit sehr viel von ihm. Seine Art, zu schreiben, gefällt mir. Wie er von den Menschen erzählt, die entlang des Rheins wohnen. So getragen und ruhig. Und doch voller Leben. Wenn du möchtest, leihe ich dir eines seiner Bücher.« Sie zog einen kleinen, in hellblaues Seidenpapier eingewickelten Erzählband aus der Tasche. »Ich glaube, es wird dir gefallen.«

»Danke, wie lieb von dir.« August küsste sie erneut.

Diesmal jedoch nur kurz. Sie mussten immer noch vorsichtig sein, dass sie niemand zusammen sah.

»Ich lese es gleich, wenn ich im Zug sitze.«

»Lass mich wissen, wie es dir gefallen hat. Ich glaube, dieser Schmidtbonn ist ein sehr netter Mensch. Ich weiß nicht, warum, ich kenne ihn ja gar nicht. Aber das, was aus seinen Texten spricht, klingt nach einer guten Seele. Weißt du, was ich meine?«

August nickte dankbar.

»Vielleicht kannst du ihn ja besuchen. Ich habe gehört, er wohnt in der Nähe von Düsseldorf. Ich kann mich nur nicht mehr erinnern, ob es nun Ober- oder Unterkassel war.«

»Das werde ich schon herausfinden«, meinte August. Ein Funken alter Abenteuerlust blitzte in seinen Augen auf. Da war er wieder, der August, den sie kannte und liebte. Sie drückte ihn fest an sich. Obwohl es immer noch wie aus Kübeln schüttete und ihre Füße schon eisig kalt gefroren waren in den durchweichten Lederstiefeletten, hätte sie ewig so dastehen können. Sie wärmten sich gegenseitig mit ihren Körpern und versuchten, noch so viel Zeit wie möglich miteinander zu genießen, bevor August aufbrechen musste.

Die Liebe auf Distanz war ein schweres Los. Aber Elisabeth war fest entschlossen, diesen Schmerz zu ertragen. Sie würde ihn nicht aufgeben, ganz egal, wie viele hundert oder tausend Kilometer sie trennten. Und sie spürte, dass August genauso empfand wie sie.

KAPITEL 6

München 1905

Es war Ende März. Elisabeth war seit einigen Wochen in München, um sich von ihrem Onkel Brüne porträtieren zu lassen. Ihr Vater hatte es sich gewünscht. Natürlich hatte Elisabeth nicht widersprochen, obwohl sie sich viel lieber von August hätte malen lassen. Sie war zunächst widerwillig zu ihren Verwandten gereist, weil sie nun noch weiter von August entfernt war, hatte sich mittlerweile aber gut eingelebt. Besonders ihre Tante hatte es ihr angetan. Sie war eine herzensgute und lebensfrohe Frau. Immerzu stand sie in der Küche, backte Kuchen, schmierte Brote oder machte köstlich knusprige Bratkartoffeln in einer großen gusseisernen Pfanne. Dazu gab es krügeweise Bier, die hier Maß genannt wurden. Elisabeth wurde rundum versorgt und genoss es, ihre Verwandten endlich einmal besser kennenlernen zu können. Sie hatte schon viel von ihrem Onkel, dem Maler, gehört, aber wie er tatsächlich lebte, hatte sie sich bisher nur in ihrer Phantasie ausmalen können.

Die Wohnung lag im vierten Stock eines einfachen Mehrfamilienhauses im Stadtteil Schwabing, der bei Studenten und Künstlern wegen seiner günstigen Mieten gleichermaßen beliebt war. Den Großteil der Wohnung nahm das Atelier ein. Darin befand sich ein riesiger Schrank aus würzig riechendem, dunkelbraunem Holz, der voller Rüstungen und Ritterkleidern hing. Die Staffelei stand in der Nähe des Fensters, das meist Tag und Nacht offenstand, um den penetranten Geruch der Farben aus der Wohnung zu lüften. In einer Ecke stapelten sich ausgediente Farbpaletten, Pinsel, Spachtel und sonstige Malutensilien.

August hätte seine Freude gehabt bei diesem Anblick. Auch Elisabeth hatte sich sofort wohlgefühlt, als sie das Atelier betreten hatte. Ein wildes chaotisches Durcheinander, in das ihr Onkel mit seiner polterigen und doch herzlichen Art nur allzu gut hineinpasste.

Elisabeths Zimmer war eine kleine bescheidene Kammer mit Dachluke und Waschbassin. Nebenan lag das Schlafzimmer ihres Onkels und ihrer Tante. Beide schnarchten so laut, dass Elisabeth oftmals erst spät in den Schlaf fand oder mitten in der Nacht aufwachte und dann kein Auge mehr zutun konnte. Aber es störte sie nicht allzu sehr. Alles war neu und aufregend.

Endlich hatte sie die Schule beendet. Endlich war sie frei! Das Leben lag vor ihr, und sie spürte die Magie des Neuanfangs. Insgeheim träumte sie von einem gemeinsamen Leben mit August. Und wenn es auch noch so bescheiden sein mochte.

Die große Küche war das Herzstück der Wohnung. Um einen großen runden Esstisch gruppierten sich bunt zusammengewürfelte Stühle, darüber hing eine alte Lampe, die den Raum in ein gemütliches warmes Licht tauchte. Auf einem kleinen Bord an der gegenüber liegenden Wand standen zwei ausladende Vogelbauer, in denen ein Dompfaff und zwei Gimpelpärchen lebten. Sie zwitscherten, was das Zeug hielt, und waren so zahm, dass sie Elisabeth aus der Hand fraßen. Auch ihr Bruder Walter war in der Stadt. Er studierte seit Kurzem an der Universität und wohnte zusammen mit ihrem Vetter Wilhelm in einer kleinen Pension um die Ecke. Die beiden kamen oft vorbei, und dann wurde bis in die Nacht hinein gesungen, gelacht und getanzt.

Zu Elisabeths großem Glück hatte sich auch August für ein paar Tage angekündigt. Walter hatte zum Abitur eine Italienreise von den Eltern geschenkt bekommen, unter der Bedingung, dass er einen guten Freund mitnehmen sollte. Da ihr Bruder nur wenige gute Freunde hatte und alle bereits ihr Studium in anderen deutschen Städten aufgenommen hatten, war seine Wahl auf August gefallen.

Ob er ahnte, dass zwischen ihm und Elisabeth mehr war als nur Freundschaft? Sie wusste es nicht. Es war ihr aber auch gleichgültig. Hauptsache, sie konnte ihren geliebten August endlich wieder in die Arme schließen. Sie hielt es kaum noch aus vor lauter Aufregung. Walter und August hatten sich zum Sonntagsfrühstück angekündigt. Obwohl es noch stockdunkel war in ihrem Zimmer, war Elisabeth hellwach. Ein heftiges Kribbeln jagte durch ihren Körper und trieb sie aus dem Bett. Eilig machte sie sich daran, sich zu waschen und ihre besten Kleider zusammenzusuchen. Endlich war es soweit. Endlich würde sie August wiedersehen.

Der erste Blick, die innige Umarmung – nie würde Elisabeth diesen Moment vergessen. Auch wenn sie sich mit dem ersten Kuss nach Monaten der Trennung noch gedulden mussten, so war es doch mehr als nur das Wiedersehen zweier guter Freunde. Elisabeth war sich sicher, dass auch die anderen etwas gespürt haben mussten von der Spannung, die zwischen ihr und August gelegen hatte. Man hatte es förmlich knistern hören.

August sah wieder gesünder aus. Er hatte sich sichtlich erholt. Seine Wangen waren voll und gerötet, seine Augen leuchteten, und um den Mund lag dieses zufriedene Lächeln, das sie so sehr an ihm liebte.

»Lass dich ansehen!«, hatte sie gerufen und ihn herzlich in die Arme geschlossen.

Das Frühstück war ihr wie eine Ewigkeit vorgekommen. Nachdem die Tante einen großen Topf mit dampfenden Weißwürsten auf den Tisch gestellt hatte, hatte sie noch einen großen Korb mit frischen Brezen von dem Bäcker heraufgeholt, der das kleine Ladengeschäft im Erdgeschoss des Hauses betrieb. Schon früh am Morgen duftete es herrlich nach gebackenem Brot und Strudelteig. Ihr Onkel hatte ein Fass süßen Senf geöffnet und den Zugereisten gezeigt, wie man die Weißwurst richtig aß – in Bayern nannte man es zuzeln. Er spießte eine der kleinen dicken Würste auf seine Gabel, pustete zweimal kräftig und biss dann die Pelle auf. Heißes Wasser spritzte zu allen Seiten. Die bayrischen Essgewohnheiten waren noch derber als die der Rheinländer.

Elisabeth musste unwillkürlich lachen. August und Walter starrten den Onkel mit großen Augen an.

Die Wurst schon halb im Mund nuschelte er: »Und jetzt saugen, kräftig saugen.«

August warf Elisabeth einen ungläubigen Blick zu. Walter prustete laut los, und auch Elisabeth konnte sich ein Kichern nicht verkneifen. Ihr Onkel saugte und schlürfte an der Wurst, bis nur noch die schlaffe blasse Pelle zwischen den Zinken der Gabel hing. Schmatzend wischte er sich den Mund ab, schob sich eine halbe Brezel hinterher und spülte das Ganze mit einem großen Schluck Weißbier herunter.

»So geht ein ordentliches bayrisches Weißwurstfrühstück.« Er lachte schallend auf und ließ den Maßkrug mit einem Knall zurück auf den Tisch krachen, so dass ein Schluck herausschwappte und die hübsche blauweiß-karierte Tischdecke befleckte.

»Heinrich!« Tante Sophie errötete vor Verlegenheit. »Was sollen die jungen Leute denn von uns denken? Schau sie dir an! Verschreckt hast du sie.« Sie lachte, sprang auf und holte einen Lappen, um das kleine Malheur zu beseitigen.

»Ihr könnt die Weißwürste auch ganz normal auf den Teller legen, schneiden, und wenn ihr's mögt, mit dem süßen Senf zusammen kosten. Keine Angst«, sagte sie augenzwinkernd an Elisabeth, August und Walter gewandt.

In den Augen der Jungs konnte Elisabeth eine deutliche Erleichterung erkennen. Sie lächelte August über den Tisch hinweg an. Im Stillen hoffte sie, dass das Essen bald vorbei sein würde und sie endlich zu ihrem Spaziergang aufbrechen konnten.

Die klirrende Kälte des Winters war einer milden Vorfrühlingsluft gewichen. Vom klaren blauen Himmel strahlte die Sonne, und hier und da streckten die ersten Lenzblumen ihre Köpfe durch die abtauende Schneedecke.

Elisabeth und August hatten sich an den Händen gefasst und liefen glücklich durch den Englischen Garten. Endlich hatten sie Zeit für sich. Nach dem Frühstück hatten sie noch lange zusammen in der Küche gesessen, den Geschichten ihres Onkels gelauscht, Gitarre gespielt und gesungen. Zum Glück hatte Tante Sophie bald ein Einsehen gehabt.

»Nun lass die jungen Leute mal raus an die frische Luft«, hatte sie gerufen und Onkel Heinrich liebevoll in die Seite gekniffen. »Die haben sich doch so lange nicht gesehen.« Verschmitzt hatte sie Elisabeth zugezwinkert. Ob sie etwas von ihrer Beziehung zu August ahnte? Vor ihr konnte man sicher nichts geheim halten.

Elisabeth fasste August noch etwas fester bei der Hand und lief los. Einen sanften Hügel hinauf, um eine Bank herum und auf der anderen Seite des Hügels wieder herunter bis an das Ufer eines kleinen Sees. Es dämmerte schon leicht. Die Tage waren noch kurz. Weit und breit war niemand zu sehen. Sie ließ sich ins kurze Gras fallen und zog August zu sich heran. Der erste Kuss nach so langer Zeit war so intensiv, so leidenschaftlich wie nie zuvor. Sie wollte gar nicht aufhören, seine Lippen mit ihren zu liebkosen. Immer wieder spürte sie seine Zungenspitze an ihrer. Seine Hände fuhren über ihre Schultern den Hals herauf, ergriffen ihr Gesicht und pressten es noch dichter an seines heran. Ihr heißer Atem kondensierte in der kalten Luft zu kleinen Wölkchen. Sie spürte seine Hände an ihrem Rücken, an ihrem Po, an den Oberschenkeln. Erwartungsvoll drehte sie sich auf den Rücken. Mit einer Hand begann sie, hastig ihren Mantel aufzuknöpfen, mit der anderen zog sie, August noch dichter zu sich heran. Er rollte sich auf sie, mit den Händen versuchte er, seinen Mantel zu öffnen, tastete nach seinem Hosenknopf. Immer heftiger wurde sein Atem. Auch Elisabeth war ganz euphorisch. Das Kribbeln in ihrem Körper war so stark wie nie zuvor. Sie wollte ihn. Jetzt und hier. Sie konnte nicht mehr warten. Mit ihren Händen fuhr sie ihm durch das Haar, presste ihn dicht an sich heran.

Doch plötzlich hielt August inne. Seine Lippen lösten sich langsam von ihren. Völlig außer Atem rollte er sich zur Seite und legte sich neben sie ins Gras. Er griff ihre Hand und drückte sie ganz fest.

»Wir dürfen das nicht tun, Lisbeth. Nicht hier. Nicht jetzt«, flüsterte er. »Lass uns warten. Der richtige Tag wird noch kommen. Ich verspreche es dir.«

Sie hatten noch lange nebeneinander im Gras gelegen mit klopfendem Herzen und Brennen in der Brust. Wie sollte sie das nur aushalten? Wie hielt August es aus? Es würde noch lange dauern, ehe sie ganz offiziell ein Paar sein konnten. Dessen war Elisabeth sich sicher. August hatte gerade erst seine Ausbildung an der Düsseldorfer Kunstakademie begonnen. Er war jung und neugierig, wollte reisen und die Welt entdecken. Auf Italien hatte er sich besonders gefreut. Aber auch Paris und Berlin zogen ihn magisch an.

Wie sollten sie es nur schaffen, sich ihre Liebe zu erhalten über all die Zeit und die weiten Entfernungen hinweg?

»Schreibst du mir mal aus Italien?«, hatte sie zaghaft gefragt, und August hatte ihr versprochen, sobald es ging, eine Postkarte zu schicken.

Das war nun schon fast zwei Wochen her. Nervös stand Elisabeth vor dem backsteinroten Mehrfamilienhaus, in dem die Wohnung ihres Onkels und ihrer Tante lag, und schaute die Straße hinunter. So ging es seit mehreren Tagen. Für gewöhnlich kam der Postbote gegen zwölf Uhr mittags. Schon eine Stunde vorher hielt sie es kaum noch aus und eilte vor die Tür, um ihn abzufangen. Jedes Mal hatte er bedauernd den Kopf geschüttelt.

Was trieben August und Walter bloß? Hatte August sie vielleicht schon längst vergessen? Hatte ihm eine hübsche Italienerin bereits den Kopf verdreht? Die Gedanken marterten sie. Während sie untätig rumsaß, vergnügte sich ihr Liebster … Von Weitem sah sie den Postboten in seiner dunkelblauen Uniform mit der großen schweren Ledertasche über der Schulter auf sie zukommen. In der Hand hielt er etwas, mit dem er ihr zuwinkte.

Elisabeths Herz machte einen Sprung. Mit einem Satz war sie bei dem Boten. Vor lauter Freude nahm sie ihn in den Arm und drückte ihn, so fest sie konnte. »Danke!«, rief sie überglücklich. »Danke, danke, danke!«

Sie schaffte es kaum noch bis in ihre kleine Dachstube. Aufgeregt riss sie den cremefarbenen Umschlag auf. Ihr fiel eine kleine Postkarte in den Schoß, die eine Fotografie des venezianischen Campanile auf dem Markusplatz zeigte. Hastig las sie Augusts Zeilen.

> *… Nachmittags liegen wir gewöhnlich auf dem Lido im Sande und schauen in das tiefe, tiefe blaue Meer. Wärst Du doch nur hier! Endlich überkam sie mich, die Sehnsucht nach Deinen treuen Augen – doch erst gestern am Meere. Ich schreibe Dir das ganz aufrichtig. Ich sehne mich. Ein Leben werde ich mich sehnen nach Dir. Du bist die schönste Erfüllung meines Lebens.*

Überglücklich presste Elisabeth die Karte an ihre Brust. Das war mehr, als sie sich je hätte wünschen können.

August dachte immer noch an sie. Er vermisste sie. Er verzehrte sich nach ihr. Mit einem Seufzer ließ sie sich aufs Bett fallen. Ein kleiner Zettel fiel aus dem Umschlag. Noch ein Brief? Gespannt faltete sie das kleine Stück Papier auseinander. Es war eine Zeichnung. Flüchtig und zart. Eine Skizze von Augusts Hand. Etwas Wertvolleres hätte er ihr nicht schicken können. Sie sah einen jungen Mann, der mit dem Rücken dem Betrachter zugewandt auf einem Felsvorsprung saß und in die Ferne der weiten Landschaft blickte. Wartend und voller Sehnsucht.

Elisabeth verstand sofort, was August ihr damit sagen wollte. Er würde auf sie warten, bis der richtige Zeitpunkt gekommen war. Eine Woge des Glücks durchströmte sie. Was für ein wundervoller Tag!

Aber ihr Glück währte nur kurz. Wenige Tage später traf ein zweiter Brief für Elisabeth ein. Er war von ihrer Mutter. Beklommen öffnete sie das Kuvert. Sie hatten ausgemacht, sich nur zu schreiben, wenn etwas passiert war.

»Magst du dich setzen?« Tante Sophie, die Elisabeths Anspannung bemerkt zu haben schien, schob ihr einen der Küchenstühle unter das Fenster und öffnete es einen Spalt, um frische Luft hereinzulassen. Sie hatte gerade Zwiebeln angebraten für das Gulasch, das schon seit einer Weile in einem riesigen Topf auf dem Herd köchelte.

Mit zittrigen Händen faltete Elisabeth das hellblaue Briefpapier auseinander. Eine Weile war es still in der Küche. Nur das Brodeln des Mittagessens war zu hören. Elisabeth hatte den Atem angehalten, während sie las. Reflexartig schnappte sie plötzlich nach Luft. Ihr Hände zitterten, und sie war kreidebleich.

»Aber Kind, was ist los?«, rief Tante Sophie besorgt und füllte ihr hastig ein großes Glas Wasser, das Elisabeth in einem Zug leerte.

Das durfte nicht sein. Bitte nicht! Nicht ihr Vater.

»Mein … Vater …«, stammelte sie. »Er hatte einen Schlaganfall.«

KAPITEL 7

Venedig 1905

August stand unweit der Piazza San Marco und ließ seinen Blick über die Lagune schweifen. Die Sonne glitzerte herrlich auf dem azurblauen Wasser, und ein sanfter Südwind strich ihm durchs Haar. Zu seinen Füßen plätscherte das Wasser leise gegen die mit grünen glitschigen Algen bewachsenen Steinstufen. In der Ferne nahte eine Gondel heran.

»Walter, sieh nur! Da hinten kommt eine Gondel, mit der wir übersetzen können!«, rief er und drehte sich suchend nach seinem Begleiter um.

Elisabeths Bruder hatte ihn ausgewählt, um ihn auf seiner Reise durch Italien zu begleiten, die er von seinen Eltern zum Abitur geschenkt bekommen hatte. Was für ein Glück er doch hatte! Genüsslich sog er den süßlichen Duft der Lagune ein und schloss für einen Moment die Augen.

Die Sonne brannte ihm auf das Gesicht und wärmte seine Haut.

Hinter sich vernahm er Schritte. Eilig kam Walter zu ihm herübergelaufen. In der Hand hielt er eine hellgelbe kleine Tüte.

»Was hast du da?«, fragte August neugierig.

»Das wüsstest du wohl gerne, wie?« Frech ließ Walter die Tüte vor Augusts Nase baumeln. »*Pasticceria Piazza San Marco*«, las August laut und versuchte dabei, einen italienischen Akzent zu imitieren. Er nahm einen köstlichen Duft wahr. Frisches Gebäck, Vanillecreme.

»Hm, wie das duftet!«

»Das hier habe ich eben gekauft. Dort hinten an der Ecke. Ich sage dir, wenn du in das Geschäft gehst, dann vergeht dir Hören und Sehen. Da stapeln sich die Köstlichkeiten nur so übereinander. Ich hatte es schwer, eine Auswahl zu treffen.« Er lachte und öffnete die Tüte einen Spalt, um seinem Freund den Inhalt zu präsentieren. Neugierig lugte August hinein. Er entdeckte zwei goldfarbene Croissants, die mit einer gelblich leuchtenden Creme gefüllt waren. Doch noch bevor er zugreifen konnte, hatte Walter den Beutel wieder verschlossen.

»Nichts da! Die können wir uns später auf dem Lido schmecken lassen. Wenn wir faul im Sand liegen und uns die Sonne auf den Bauch scheinen lassen.« Er grinste.

»Hört sich gut an«, meinte August. Mittlerweile hatte

die Gondel vor ihnen am Steg festgemacht. Die beiden bestiegen das für Venedig so typische wackelige Gefährt und ließen sich bequem zu der schmalen Laguneninsel hinüberfahren, die als Badeinsel im Sommer ein beliebtes Ausflugsziel der Venezianer war.

Nach einer halben Stunde erreichten sie das gegenüber liegende Ufer. August war froh, dass er noch nichts gegessen hatte. In der Gondel war ihm doch etwas flau geworden. Die Vorstellung daran, sich ausschließlich auf dem Wasser fortbewegen zu können, behagte ihm gar nicht. Aber wenn man in Venedig geboren wurde, dann machte einem diese Art der Fortbewegung wahrscheinlich nichts aus, dachte er. Dennoch war er dankbar, wieder festen Boden unter den Füßen zu haben. Beschwingt setzten er und Walter sich in Bewegung. Immer entlang der Strandpromenade, vorbei an herrschaftlichen Villen, die in zarten Pastelltönen gestrichen waren und mit ihren von Holzlatten vernagelten Fenstern und Türen noch darauf warteten, aus dem Winterschlaf geholt zu werden. Die Veneziener kamen meist erst im Juni hierher, um der Hitze in den schmalen Gassen der Altstadt zu entgehen. Jetzt war erst Mai, und außer ein paar Fischern und vereinzelten Touristen war niemand unterwegs. Vor einem prunkvollen Gebäude aus muschelfarbenem Sandstein blieb August stehen.

»Donnerwetter, das nenne ich mal ein stattliches Anwesen«, rief er und staunte.

Auch Walter hielt inne. Er hatte den Kopf in den Nacken gelegt und las laut vor, was in riesigen Lettern über dem Eingang stand: »*Hotel des Bains.* Klingt französisch.«

»Ja klar, weil alles, was französisch klingt, gerade schick ist.« August lachte. Er drehte sich mit dem Rücken zum Hotel und schaute über die Promenade hinüber zum Strand. Dort standen eng aneinandergereiht kleine rosafarbene Holzhütten mit weißen Markisen, die sanft im Wind flatterten. Weit und breit war niemand zu sehen.

»Komm«, sagte er. »Hier machen wir es uns gemütlich.« Sie zogen ihre Schuhe aus, krempelten ihre Hosenbeine auf und rannte über den heißen Sand hinüber zu den Hütten. Sie sahen fast aus wie kleine Wohnhäuser, mit einer weiß getünchten Veranda, Stühlen und ein paar Handtüchern und Laken, die sie im Innenraum fanden.

»Herrlich! So lässt es sich doch leben!«, rief Walter begeistert und ließ sich in den Sand fallen. Gierig öffnete er die kleine gelbe Tüte, die er die ganze Zeit bei sich getragen hatte, und reichte August ein *Cornetto*.

»Lass es dir schmecken, mein Freund«, presste er mit vollem Mund hervor. »Das haben wir uns wahrlich verdient nach der anstrengenden Tour durch die Stadt heute früh.«

Sie waren noch vor Sonnenaufgang aufgestanden, hatten sich nur mit einem Espresso gestärkt und waren dann in Richtung Piazza San Marco aufgebrochen. Von dort aus hatten sie einen Abstecher über den Canale Grande hinüber zur Basilica di Santa Maria della Salute gemacht und von da aus das Viertel Dorsoduro erkundet. Hier lagen die Accademia, die Universität und die berühmte Scuola di San Rocco mit ihren überwältigenden Deckengemälden Tintorettos. Von dort aus waren sie in einem großen Bogen entlang des Canale Grande bis zur Rialtobrücke gelaufen, um schlussendlich wieder an der Piazza San Marco anzukommen und sich noch die reich verzierten Innenräume des Palazzo Ducale anzusehen. Die vielen Eindrücke hatten August mehr geschafft als das ständige Treppauf, Treppab über die zahlreichen Brücken der Stadt. Genüsslich biss er in das Cornetto und ließ sich die süßliche Vanillecreme auf der Zunge zergehen. Er dachte an die lieblich zarten Küsse von Elisabeth und seufzte.

»Hast du schon an Elisabeth geschrieben?«, wollte Walter plötzlich wissen, so als habe er seine Gedanken lesen können.

August fühlte sich ertappt und wurde rot.

»Nein, noch nicht«, murmelte er. »Hab's ganz vergessen. Die vielen Eindrücke …« Er suchte nach Worten.

»Du musst mir das nicht erklären«, meinte Walter. »Ich dachte nur, sie würde sich sicher freuen, etwas von dir zu hören. Erzähl ihr von unserem heutigen Tag, und sie denkt, du beschreibst eine ganze Woche!« Er streckte sich auf dem heißen Sand aus. »Ich gehe mir mal die Füße kühlen. Wir müssen schließlich heute Abend noch zurück zum Hotel kommen.«

»Gute Idee, ich komme mit.« August rappelte sich auf. »Oder sollen wir …?« Verstohlen warf er einige Blicke nach links und rechts den Strand hinunter. Noch immer war niemand zu sehen.

»Du meinst …?«

»Ja, warum nicht?«, wisperte August plötzlich in verschwörerischem Ton. »Zurzeit ist niemand hier, und im Haus sind frische Handtücher, mit denen wir uns abtrocknen können.«

»Einverstanden!«, rief Walter begeistert und zog sich eilig bis auf die Unterhose aus. August tat es ihm gleich. So schnell sie konnten, liefen sie zum Wasser hinunter, über einen Teppich aus Muscheln hinweg, die in den schönsten Farben leuchteten und raschelnd unter ihren Fußsohlen zerbrachen, und stürzten sich in die azurblauen Fluten. Wie die Kinder juchzten sie. Spritzten sich gegenseitig nass und ließen beim Schwimmen den Blick über die mit hohen Pinien gesäumte Uferpromenade streifen.

Plötzlich spürte August das unbändige Verlangen, Elisabeth all das zu schildern, in den reichsten Worten, damit sie auch etwas von diesem Glück empfinden konnte, welches er gerade tief in seinem Innersten spürte.

KAPITEL 8

Bern 1905

Welch ein Anblick! Langsam schob sich die Sonne hinter dem imposanten Bergmassiv hervor und tauchte die saftig grünen Wiesen in ein gleißend helles Licht. Die Schafe auf der Weide kümmerte dieses spektakuläre Naturschauspiel nur wenig. Ab und an hob eines den Kopf, nur um gleich darauf gemächlich weiterzugrasen. Den strahlend blauen Himmel schmückten ein paar dekorative weiße Wölkchen. Die Landschaft sah aus wie gemalt.

Elisabeth stand am geöffneten Fenster ihrer neuen Unterkunft und atmete die frische Bergluft ein. Obwohl sie sich zunächst mit Händen und Füßen dagegen gewehrt hatte, nach Bern zu gehen, war sie nun froh, hier zu sein. Die Natur, das Licht, diese Ruhe – all das tat ihr gut nach der turbulenten Zeit bei ihrem Onkel und ihrer Tante in München. Plötzlich kam es ihr vor, als läge diese Zeit schon eine Ewigkeit zurück – die langen Sitzungen im Atelier ihres Onkels, der sie porträtiert hatte, das gemeinsame Singen am Abend, die Spaziergänge mit August im Englischen Garten.

Wo August jetzt wohl war? Er hatte sich schon seit Längerem nicht mehr gemeldet. Und sie hatte noch keine Gelegenheit gehabt, ihm mitzuteilen, dass sie nun für ein Jahr in Bern sein würde, um hier in einer kleinen Pension eine Ausbildung zur Hauswirtschafterin zu machen.

Hinter ihr knarzte die Zimmertür. »Elisabeth, kommst du? Der Englischunterricht fängt gleich an.« Ihre Zimmergenossin Christa steckte den Kopf durch den Türspalt und sah sie aus ihren großen blauen Augen an.

»Ja, ich komme gleich.« Elisabeth blickte abwesend aus dem Fenster. Sie konnte sich kaum von dem wohltuenden Anblick des imposanten Gebirgszugs lösen. Noch einmal atmete sie tief ein. Sie merkte, wie sie langsam ruhiger wurde. Gelassener.

Die Nachricht vom Schlaganfall ihres Vaters hatte sie schwer erschüttert. Es war das erste Mal gewesen, dass sie regelrecht gelähmt war vor Panik. Ihr Herz hatte heftig angefangen, zu pochen, kalter Schweiß war ihr auf die Stirn getreten, und ihr ganzer Körper hatte zu zittern begonnen. Wäre ihre Tante nicht da gewesen und hätte sie beruhigend in den Arm genommen, sie wäre vermutlich ohnmächtig geworden. Elisabeth war ihr immer noch dankbar. Geistesgegenwärtig hatte Tante Sophie das Fenster aufgerissen, Elisabeth, das wimmernde Nervenbündel, an ihren prallen Busen gedrückt und lange und beruhigend auf sie eingeredet. Viele tiefe Atemzüge und einen kräftigen Schnaps später hatte Elisabeth sich wieder gefangen. Anstatt hektisch ihre Sachen zu packen, hatte sie ein Telegramm an ihre Mutter geschrieben, sie möge ihr bitte mitteilen, wie es nun für sie weitergehen solle. Eine kalte dunkle Nacht und einen zähen halben Tag später kam endlich die ersehnte Antwort. Ihre Mutter war noch am Abend desselben Tages am Münchner Hauptbahnhof eingetroffen.

»Was machst du denn hier? Musst du nicht bei Vater sein? Wie geht es ihm?« Elisabeth war in aller Eile zum Bahnhof aufgebrochen, um ihre Mutter abzuholen.

»Mach dir keine Sorgen, Elisabeth. Es geht ihm den Umständen entsprechend gut. Er ist noch im Krankenhaus. Und ich …« Sie hielt inne. »… aber lass dich doch erst einmal anschauen. Dünn siehst du aus, mein Kind. Bekommst du genug zu essen bei Tante Sophie?« Sie sah besorgt aus.

Elisabeth ließ sich müde in ihre Arme sinken.

»Dein Vater und ich sind uns einig, dass dir eine Ausbildung zur Hauswirtschafterin nützlich sein wird«, hörte Elisabeth ihre Mutter sagen. »Morgen früh brechen wir auf. Wir haben uns lange umgehört. Die Pension von Frau

Oberst Moilliet in Bern wurde uns von mehreren Bekannten empfohlen.«

Elisabeth hatte gemerkt, dass jeglicher Versuch, ihre Mutter umzustimmen, zwecklos war. Ob sie insgeheim froh war, dass ihre Tochter nun noch weiter von August entfernt sein würde? Sie ahnte, dass ihre Mutter bereits wusste, dass es zwischen ihr und August ernster war, als es den Anschein hatte. Womöglich sollte sie sich den jungen Maler aus dem Kopf schlagen und einen anständigen, wohlhabenden Mann kennenlernen. Einen Schweizer Bankierssohn vielleicht oder einen strebsamen Studenten. Georg, den sie damals im Tanzunterricht kennengelernt hatte, wäre sicher ein anständiger Schwiegersohn gewesen – zumindest in den Augen ihrer Eltern.

Elisabeth seufzte und löste sich langsam vom Anblick der Berge. Der Blick ins Grüne hatte sie beruhigt. Und obwohl sie wusste, dass ihre Eltern sich etwas anderes für sie wünschten, spürte sie tief in ihrem Herzen, dass ihre Entscheidung bereits gefallen war. Sie würde um August kämpfen, koste es, was es wolle. Mit niemandem auf der Welt war sie so glücklich wie mit ihm. Noch immer zehrte sie von den Tagen voller Gemeinsamkeit, die sie mit ihm in München verbracht hatte. Sie musste ihm nichts erklären, sich nicht verstellen. Sie konnte sie selbst sein. Wenn sie traurig war, erfüllte sein Strahlen sie mit neuer Freude. Wenn er niedergeschlagen war, riss ihr ungestümer Tatendrang ihn aus der Lethargie. Sie ergänzten sich perfekt. Warum sollte sie das aufgeben?

Schweiß lief Elisabeth den Rücken hinunter, ihre Haut war klebrig und feucht, die sonst so ordentlich nach hinten gesteckten Haare hingen ihr strähnig ins Gesicht. Sie stand auf einem wackeligen kleinen Schemel am Fenster. Mit einer Hand hielt sie sich an der Gardinenstange fest, während sie mit der anderen die matten Fensterscheiben polierte.

»Kannst du mir bitte den nassen Lappen geben?«, schnaufte sie und streckte ihre Hand erwartungsvoll in Richtung ihrer Zimmergenossin aus. Christa war gerade dabei, die Betten neu zu beziehen. Immer wieder fluchte sie leise, weil sich die Ecken der schweren Wolldecke nicht in den rot-weiß karierten Bezug stecken lassen wollten. Entnervt gab sie auf.

»Verdammt, so habe ich mir das aber nicht vorgestellt!«, meckerte sie und reichte Elisabeth den Lappen.

»Entschuldige bitte, ich wollte dich nicht von der Arbeit abbringen.«

»Nein, dich meine ich doch nicht«, gab Christa zurück und verzog das Gesicht zu einer Grimasse. »Ich meine die alte Moilliet. Und ihre Anstalt hier. Das ist doch das reinste Straflager.« Sie strich sich wütend eine blonde Strähne aus dem rot glühenden Gesicht.

»Jetzt übertreibst du aber!«, meinte Elisabeth lachend. »Wir haben es schon recht gut hier. Woanders ist diese Ausbildung die reinste Massenabfertigung. Ich habe von Pensionen in der Schweiz gehört, da hocken die Mädchen zu viert oder zu fünft in einem winzigen Zimmer, und fließend Wasser gibt es auch nicht.«

»Ihhh«, entfuhr es Christa. Wieder verzog sie das Gesicht zu einer Grimasse. Sie stammte aus einer angesehenen Bremer Kaufmannsfamilie und ließ immer wieder durchblicken, dass sie diese Ausbildung eigentlich gar nicht nötig hatte. Aber Elisabeth konnte sich schon denken, weshalb ihre Eltern sie hierhergeschickt hatten. Christa war zwei Jahre jünger als sie, und ihr war aufgefallen, wie respektlos sie sich oft gegenüber Erwachsenen verhielt. Sie war frech, vorlaut und hielt sich nur selten an Regeln. Frau Oberst Moilliet hatte jede Menge Ärger mit ihr. Aber sie schien gut bezahlt worden zu sein, um Christa zur Hauswirtschafterin auszubilden. Sonst hätte sie die kleine Göre – ja, bei Christa passte dieser Ausdruck, den sie die Frau Oberst mehrmals täglich fluchen hörte – gewiss schon längst wieder nach Hause geschickt.

»Und wir lernen hier doch wirklich etwas«, fügte Elisabeth hinzu. »Nicht nur waschen, mangeln, Unkraut jäten. Wir haben Englischunterricht und Französisch. Du kannst in der Freizeit reiten gehen, und ich darf an die Uni.«

»Schon gut«, murrte Christa, die eingesehen hatte, dass sie in Elisabeth keine Verbündete finden würde. »Ich hab's ja verstanden. Bist du gleich fertig da oben? Dann kannst du mir mal mit den Bettbezügen helfen. Ich glaube, die mögen mich nicht.«

Nachdem sie die Fenster poliert und die Decken ordentlich gefaltet hatten, waren sie noch schnell mit dem Kehrbesen und Wischer über die Holzdielen gegangen, bevor sie sich eine verdiente Auszeit im schattigen Garten unter einer großen Kastanie gegönnt hatten. Die Brotzeit mit deftigem Schweizer Wurstsalat, eingelegten sauren Gurken und buttrigem Brot hatte ihnen die Lebensgeister zurückgebracht.

Es war ein schwülheißer Tag Mitte Juli, und am Horizont zogen die ersten Gewitterwolken auf. Elisabeth hatte noch nie ein Unwetter in den Bergen miterlebt, aber bei sich zu Hause in Bonn, das unweit des Siebengebirges lag, reichte es ihr eigentlich schon. Sie hatte immer schreckliche Angst, wenn es donnerte und blitzte.

Instinktiv zog sie ihre Knie zur Brust herauf und legte die Arme darum.

»Was ist? Frierst du etwa?«, scherzte Christa und fächelte sich mit einem Buch frische Luft zu.

»Quatsch, ich friere nicht.« Skeptisch schaute Elisabeth zum Himmel.

Christa drehte sich um. »Sieht nach Gewitter aus«, meinte sie unbekümmert und stippte mit dem Finger die letzten Brotkrumen vom Teller.

»Hast du keine Angst?«, fragte Elisabeth. Ein Schauer lief ihr über den Rücken. Nun fröstelte sie tatsächlich. Ihr kam eine Szene in Erinnerung, in der sie mit der gesamten Schulklasse bei einem Ausflug aus heiterem Himmel von einem gewaltigen Unwetter überrascht worden war. Nur mit Mühe und Not hatten sie es damals zum nächsten Bahnhof geschafft. Pitschnass und durchgefroren. In der Bahnhofshalle war es brechend voll gewesen. Es schien kaum jemand auf den Wetterumschwung vorbereitet gewesen zu sein. Alle hatten sich in die stickige Eingangshalle des alten Gebäudes gedrängt, und dann war es passiert: Mit einem ohrenbetäubenden Knall war ein Blitz direkt neben den Gleisen unweit des Gebäudes eingeschlagen. Eine große alte Eiche, die ganz in der Nähe gestanden hatte, hatte sofort Feuer gefangen. Wie Zunder hatte sie gebrannt, obwohl es in Strömen goss. Dazu das bedrohliche Donnergrollen aus der Ferne und weitere helle Blitze, die über den Himmel jagten. Ein kleiner Hund hatte es nicht mehr rechtzeitig geschafft, sich in Sicherheit zu bringen. Er war durch den Einschlag meterweit durch die Luft gewirbelt worden und leblos neben den Gleisen liegen geblieben. Elisabeth schauderte immer noch, wenn sie daran dachte, was passiert wäre, hätte der Blitz nicht den Baum, sondern die Bahnhofshalle getroffen. Oder wenn sie es nicht mehr rechtzeitig ins Gebäude geschafft hätten.

Sie zwang sich, diesen dunklen Gedankengang zu unterbrechen. Hier in der Pension konnte ihr nichts passieren. Sie hatten ihre Aufgaben weitgehend erledigt. Zur Universität ging sie an diesem Tag auch nicht mehr. Die Semesterferien standen kurz bevor, und die Vorlesungen würden erst Ende September wieder beginnen. Nur der Klavierunterricht stand noch an. Sie hatte sofort damit begonnen, als sie in Bern angekommen war. Hans, der Pflegesohn von Frau Oberst, hatte Musik studiert und gab ihr bereitwillig Stunden. Ein charmanter junger Mann. Er war schon vierundzwanzig, sah aber durch die vielen Sommersprossen im Gesicht wesentlich jünger aus. Ständig machte er ihr Komplimente. Ob er wirklich ein Auge auf sie geworfen hatte, wie Christa andauernd behauptete?

»Meinst du, das Gewitter verschont uns?«, hörte sie sich zögerlich fragen.

»Na, du scheinst ja mächtig Angst zu haben.« Christa schaute kritisch zum Himmel. »Weiß nicht. Vielleicht.«

Sie zuckte gelangweilt mit den Schultern. »Falls nicht, kann Hans dich ja beschützen.« Sie kicherte und formte ihre Lippen zu einem Kussmund.

Elisabeth fühlte sich ertappt.

»Ach, hör doch auf«, gab sie gereizt zurück. Manchmal ging ihr Christa ziemlich auf die Nerven. »Hans ist ungemein nett, aber ich habe doch August.«

»Pah, dein August ist doch so weit weg. Woher willst du wissen, ob er nicht schon längst eine andere hat?«

»So einer ist er nicht«, verteidigte Elisabeth ihn energisch. Christa hatte ihren wunden Punkt getroffen. Denn obwohl sie sich regelmäßig schrieben, hatte Elisabeth das Gefühl, dass sie sich allmählich voneinander entfernten. Ging es August genauso? Vielleicht hatte Christa recht, und er amüsierte sich längst mit einem anderen Mädchen. Oder mit einer hübschen Schauspielerin, die er durch seinen neuen Freund Wilhelm Schmidtbonn am Theater in Düsseldorf kennengelernt hatte. Verärgert stand sie auf.

»Ich gehe in die Stadt runter«, sagte sie und fügte noch spitz hinzu: »Alleine.«

Sie hatte gerade keine Lust mehr auf Christa. Vielleicht konnten sie ein kleiner Spaziergang und ein leckeres Eis etwas ablenken.

In der Ferne donnerte es.

Gegen Nachmittag wurde das Donnergrollen in der Ferne immer lauter. Elisabeth hatte es sich mit einem Erdbeereis am Brunnen gemütlich gemacht und genoss die Sonne, während sie ihre Füße in das kühle Wasser hielt. Auf dem Platz vor dem Brunnen spielten ein paar Kinder, und in den Straßen herrschte geschäftiges Treiben.

Was August in diesem Moment wohl machte? Sie hatte schon seit fast zwei Wochen nichts mehr von ihm gehört. Nachdem er mit Walter in Italien gewesen war, hatte er noch ein paar Tage bei seiner Schwester verbracht, die eine kleine Pension in Kandern bei Basel betrieb. In seinem letzten Brief hatte er ihr ausführlich von einer Ausstellung berichtet, die er dort gesehen hatte. Die Impressionisten schienen ihn sehr beeindruckt zu haben. Er war kaum aus dem Schwärmen herausgekommen.

Elisabeth musste schmunzeln. Paris, das würde gut zu ihm passen. Sie war gespannt, was er ihr in seinem nächsten Brief schreiben würde. Wenn es denn einen gab. Ärgerlich schob sie die Zweifel beiseite. Nun war sie extra in die Stadt gegangen, um sich ein wenig abzulenken, und grübelte doch wieder über ihre Beziehung zu August nach.

Jemand fasste sie von hinten an der Schulter. Beinahe wäre sie vor Schreck in den Brunnen gefallen. Zwei starke Hände hielten sie fest und bewahrten sie in letzter Sekunde davor.

»Hoppla, schöne Frau, habe ich Sie erschreckt?« Das pausbackige, mit Sommersprossen übersäte Gesicht von Hans schob sich neben ihres.

»Tut mir leid. Das wollte ich nicht.« Er sah sie aus schuldbewussten Augen an.

Elisabeth hatte sich so sehr erschrocken, dass ihr für einen Moment die Worte fehlten. Dann freute sie sich jedoch über die willkommene Ablenkung.

»Nein, alles gut. Ich war nur gerade so in Gedanken. Was treibst du hier in der Stadt? Ich dachte, du bist in der Musikschule und gibst Unterricht.«

»Mein letzter Schüler ist krank geworden. Und da dachte ich mir, gehst du mal in die Stadt nach der Lisbeth schauen.« Er zwinkerte ihr zu.

Elisabeth errötete. *Lisbeth,* so nannte sie sonst nur August.

»Was macht eine schöne Frau wie du denn hier so ganz allein am Brunnen?«

Flirtete er etwa mit ihr? Sie hoffte, dass er ihre glühend roten Wangen für einen Sonnenbrand halten würde.

»Ach, ich musste einmal etwas anderes sehen«, meinte sie verlegen.

Wieder grollte es in der Ferne. Eine dunkle Wolke schob sich vor die Sonne. Windböen fegten über den Platz und warfen ein paar Schilder um, die vor der Bäckerei gestanden hatten. Elisabeth spürte, wie Panik in ihr aufkam.

»Wir sollten nach Hause gehen«, meinte sie schnell und blickte ängstlich zum Himmel.

»Ach, das dauert noch, bis das Gewitter hier ist«, entgegnete Hans munter, reichte ihr aber seine Hand und half ihr vom Brunnenrand herunter.

»Ich muss noch kurz zum Gruberhof, frische Milch holen. Begleitest du mich?«

»Und das Gewitter?«

»Bis das Gewitter hier ist, sind wir längst zurück in der Pension.«

Elisabeth überlegte kurz. Der Gruberhof lag eine gute halbe Stunde vom Stadtzentrum entfernt in genau der entgegengesetzten Richtung. Es würde sie eine gute Stunde Umweg kosten, ehe sie zu Hause waren. Ob das Wetter so lange hielt? Wieder fegte eine Böe über den Marktplatz und hätte ihr beinahe den Strohhut vom Kopf geblasen. Allein nach Hause gehen wollte sie bei dem Wetter allerdings auch nicht.

Hans streckte ihr abwartend seine Hand entgegen. Seine munteren Augen blinzelten ihr vertrauenerweckend zu.

»Na gut«, lenkte sie ein. »Aber wir sollten uns beeilen.«

Natürlich schafften sie es nicht mehr rechtzeitig bis nach Hause. Auf halber Strecke zwischen dem Gruberhof und der Pension verdunkelte sich der Himmel schlagartig, und von der einen auf die andere Sekunde brach ein Platzregen herein, wie ihn Elisabeth noch nie in ihrem Leben gesehen hatte. Binnen weniger Augenblicke waren sie völlig durchnässt. Hans ließ die beiden prall gefüllten Milchkanne am Wegesrand stehen, er fasste Elisabeth bei der Hand und zog sie hinter sich in den Wald. Nach etwa hundert Schritten gelangten sie zu einer kleinen Schutzhütte, in der sie in letzter Sekunde Unterschlupf fanden, ehe helle Blitze über den Himmel zuckten.

»Das geht auf meine Kappe«, meinte Hans reumütig und klopfte sich die Regentropfen von der Kleidung. »Ich dachte wirklich, wir hätten noch Zeit.«

»So kann man sich mal irren«, murmelte Elisabeth. Sie zitterte am ganzen Leib. Unterwegs hatte sie ihm ihre Geschichte von dem Schulausflug erzählt. Aber nicht nur die Angst vor dem Gewitter machte ihr zu schaffen. Auch die nasse Kleidung und der plötzliche Temperatursturz ließen sie frösteln.

Hans sah sie besorgt an. »Deine Lippen sind ja ganz blau.« Vorsichtig legte er einen Arm um sie.

»Ist nicht schlimm. Ich werde schon wieder warm«, versuchte Elisabeth, ihn eilig zu beruhigen. Es tat ihr leid, dass er sich Vorwürfe machte. Sie hätte ja nicht mit ihm gehen müssen. Hans war sehr nett, ganz zweifellos. Er war charmant, höflich, zuvorkommend. Bei ihm hatte sie endlich wieder Spaß am Klavierspielen gefunden, das sie eine ganze Zeit lang hatte ruhen lassen, weil ihr das ständige Üben lästig geworden war. Und er hatte ihr gezeigt, wie viel Freude es machen konnte zu singen, wenn man seine Stimme richtig einsetzte. Überhaupt hatte er sie auf eine Idee gebracht, über die sie nun schon seit einigen Tagen nachdachte. Zunächst war ihr der Gedanke vollkommen abwegig erschienen.

»Du hast eine großartige Stimme«, hatte Hans ihr eines Tages gesagt. »Hast du schon einmal darüber nachgedacht, eine Gesangsausbildung zu machen?«

Elisabeth hatte ihn mit großen Augen angesehen. »Meinst du wirklich?«

Sie hatte schon überlegt, was sie nach ihrer Ausbildung zur Hauswirtschafterin mit ihrem Leben anfangen wollte. Nur Hausfrau und irgendwann auch Mutter zu sein, das war ihr eindeutig zu wenig. Es würde sie nicht ausfüllen, da war sie sich sicher. Sie hätte gerne etwas Künstlerisches gemacht. Aber für das Konservatorium in Düsseldorf hätten ihre Fähigkeiten auf dem Klavier nicht ausgereicht. Außerdem wollte sie ihrer Freundin Emma nicht alles nachmachen. Zum Malen fehlte ihr das Talent. Auch wenn August sie bei ihren gelegentlichen Zeichenstunden immer überschwänglich lobte. Letztendlich sah sie an ihm, wie viel mehr es an Fähigkeiten bedurfte, um sich Maler nennen zu können. Sie wollte nicht wie einer der langweiligen Studenten aus Augusts Malklasse enden, über die er sich regelmäßig lustig machte.

Singen war schon immer ihre Leidenschaft gewesen. Wann immer sie konnte, hatte sie ein Lied angestimmt, ihrer Stimmung entsprechend, fröhlich und laut oder leise und besinnlich. Zu singen beruhigte sie, wenn sie vor schwierigen Aufgaben stand. Es lenkte sie ab, wenn ihr langweilig war oder wenn sie allein spazieren ging. Sie hatte immer ein Lied im Kopf, mit dem sie sich selbst und andere aufheitern konnte. Und an Weihnachten war stets sie es, die fast alle Lieder anstimmte.

Ihr entfuhr ein tiefer Seufzer.

»Was hast du?« Hans' Stimme holte sie aus ihren Gedanken zurück.

»Ich habe nur gerade über das nachgedacht, was du mich vor einigen Tagen gefragt hast.« Er blickte sie erwartungsvoll an.

»Na, du hast doch gefragt, ob ich nicht schon einmal über eine Gesangsausbildung nachgedacht habe. Das habe ich tatsächlich noch nicht. Aber seit du gefragt hast …« Sie hielt inne. Es war ihr unangenehm, ihre Gedanken ihm gegenüber, den sie doch erst seit wenigen Wochen kannte, preiszugeben. »Also seit du das gesagt hast, werde ich den Gedanken nicht mehr los, es wenigstens einmal probieren zu wollen«, beendete sie leise den Satz. Ihre Wangen glühten.

»Großartig!«, rief Hans. Er schien ehrlich begeistert zu sein. »Ich hätte gar nicht gedacht, dass du dir meine Worte so zu Herzen nimmst.« Er lächelte sie verlegen an. »Wir könnten gleich morgen mal zum Konservatorium gehen und uns über die Aufnahmebedingungen informieren. Was hältst du davon? Und dann üben wir in unseren Musikstunden so viel, dass du dich nächstes Jahr im Anschluss an die Ausbildung direkt dort bewerben kannst. Eine Unterkunft hast du ja schon.« Er zwinkerte ihr zu. »Wie klingt das?«

Elisabeth überlegte kurz. Das ging alles sehr schnell. Sie hatte sich noch gar nicht getraut, so weit im Voraus zu denken. Eigentlich wollte sie so schnell wie möglich zurück nach Bonn. Ihrem Vater ging es nicht gut. Ihre Mutter brauchte gewiss bald Unterstützung. Und dann war da ja auch noch August. Die Trennung von ihm machte ihr schwer zu schaffen. Sie schrieben sich zwar viele Briefe, die aber die gemeinsamen Spaziergänge, das Funkeln in seinen Augen und seine zarten Küsse nicht ersetzen konnten. Auf der anderen Seite: Woher sollte sie wissen, ob ihr tatsächlich in Zukunft ein Leben an seiner Seite vergönnt sein würde? August war viel auf Reisen. Wer wusste schon, wo es ihn noch hin verschlagen würde. Vielleicht blieb er eines Tages ganz in Italien oder in Paris. Sie wollte ihr Leben nicht auf der Hoffnung aufbauen, ihn irgendwann heiraten zu können und eine Familie mit ihm zu gründen, und am Ende mit gebrochenem Herzen allein zurückzubleiben.

»Warum eigentlich nicht?«, hörte sie sich sagen. Die Worte waren ihr über die Lippen gekommen, bevor sie richtig hatte nachdenken können. Sie hob ihren Kopf und blickte Hans direkt in die Augen.

Er strahlte sie glücklich an. Und sie lächelte mutig zurück.

Gleich am nächsten Tag, einem Freitag, machten sie sich auf den Weg zum Konservatorium. Elisabeth hatte nur bis zum Mittagessen Unterricht gehabt. Die Gartenarbeit entfiel, weil der Boden von dem starken Regen am Vortag noch so aufgeweicht war, dass Frau Oberst die Mädchen verschonte.

»Bei mir soll man fürs Leben lernen«, pflegte sie immer zu sagen. »Und im Leben muss man auch mal fünfe gerade sein lassen. Wo kommen wir denn da hin, wenn ihr euch beim Jäten und Wäsche waschen den Rücken krumm macht und dann zwei Tage gar nichts leisten könnt? Ich bin ja kein Unmensch.« Sie hatte Christa und Elisabeth zugezwinkert und beiden für den Rest des Tages freigegeben.

Die Sonne stand hoch am Himmel, aber die Luft war angenehmer geworden. Es war nicht mehr so schwül und drückend wie noch einen Tag zuvor. Elisabeth hatte sich ihr luftig leichtes, hellgrünes Sommerkleid angezogen. Dazu trug sie einen großen Strohhut mit einer cremefarbenen Schleife. Auf dem Weg in die Stadt hatte Hans ihr einen Zweig von der Silberspiere abgebrochen und ihn wie eine Feder hinter das Hutband gesteckt.

»Jetzt siehst du zünftig aus«, hatte er gelacht und sie an der Hand gefasst.

Im ersten Moment wollte Elisabeth die Hand wegziehen, doch dann ließ sie es einfach zu. Es fühlte sich gut an.

Das Berner Konservatorium war in einem imposanten vierstöckigen Sandsteinbau in der Kramgasse untergebracht. Die lange schmale Gasse war eine beliebte Einkaufsstraße. Hans zog Elisabeth behutsam hinter sich her und bahnte sich einen Weg durch das Gedränge.

»Freitags ist es besonders voll hier, weil Markt ist«, rief er ihr über die Schulter zu. Der Rest seines Satzes ging in dem Stimmengewirr um sie herum unter.

Elisabeth heftete ihren Blick auf seinen dunkelgrünen Jägerhut, den er so gut wie nie absetzte, und folgte ihm. Vor einem großen Brunnen blieb Hans stehen.

»Das ist der Simsonbrunnen. Er wurde im sechzehnten Jahrhundert gebaut und gehört zu den Berner Altstadtbrunnen.« Er machte eine kurze Pause. »Ich glaube, wir waren hier schon einmal zusammen mit Christa, als ich euch gleich zu Beginn der Ausbildung die Stadt gezeigt habe, oder?«

Elisabeth nickte. »Ja, genau. Ich finde den Brunnen wunderschön.« Sie blieb stehen und bestaunte die kunstvoll ausgearbeitete Brunnenfigur, die hoch oben auf einer in Ochsenblutrot, Blau und Gelb gestrichenen Säule thronte. Der biblische Held Simson im Kampf mit einem Löwen. Das Fell des Tieres und die römische Kriegskleidung des Mannes glänzten golden im weichen Licht der Nachmittagssonne. Ihr Blick fiel auf die helle Häuserfassade, die sich hinter dem Brunnen in den strahlend blauen Himmel emporhob. Über einem steinernen Laubengewölbe im Erdgeschoss befanden sich drei repräsentative Stockwerke. Vor jedem Fenster in der Belle Étage leuchtete ein Bouquet aus roten Geranien. Auch der Brunnen war mit Blumen verziert, die sie an ihr Zimmer zu Hause in Bonn erinnerten. Ein Stich fuhr durch ihr Herz. Wie es ihrem Vater und ihrer Mutter wohl erging? Sie hatte schon seit mehreren Tagen nichts mehr von ihnen gehört.

Hans war ihrem Blick gefolgt.

»Ah, du hast es schon entdeckt.« Er lächelte. »Das ist also das berühmte Konservatorium. Meine einstige Wirkstätte«, fügte er gespielt theatralisch hinzu. Der Schalk sprang ihm förmlich aus den Augen.

Elisabeth verdrängte ihre Gedanken an ihr geliebtes Zuhause und versuchte, sich auf das Hier und Jetzt zu konzentrieren. Über dem rechten Laubengangbogen stand in großen dunklen Lettern *Konservatorium für Musik*. Ihr Herz fing an zu pochen. War dies auch *ihre* zukünftige Wirkstätte? In Gedanken konnte sie sich schon mit dem Notenbuch bewaffnet durch den Eingang spazieren sehen. Ein Kribbeln machte sich in ihrer Brust breit. Aufregung. Vorfreude. Sie ließ Hans los und lief entschlossen durch das Eingangstor.

Im Innern des Konservatoriums blieb sie erst einmal vollkommen überwältigt stehen und betrachtete die hohen, stuckverzierten Decken. *Auditorium* stand in goldenen Lettern über der Tür gleich rechts neben dem Eingang. Sie ließ ihren Blick über die vielen Stuhlreihen schweifen bis hin zu der kleinen Bühne am Ende des Raumes. Wie es wohl war, dort oben zu stehen und vor gut gefüllten Reihen zu singen oder Klavier zu spielen?

»Kann ich Ihnen weiterhelfen?« Eine schneidende Stimme unterbrach ihre Gedanken.

»Oh, entschuldigen Sie, ich habe Sie gar nicht gesehen.« Elisabeth drehte sich zu der kleinen unscheinbaren Dame um, die wie aus dem Nichts hinter ihr aufgetaucht war.

»Also, ich interessiere mich für eine Gesangsausbildung hier am Konservatorium«, begann sie, wurde jedoch gleich wieder unterbrochen.

Hinter ihr trat Hans durch die Eingangstür.

»Grüß Gott!«

Die Empfangsdame kniff die Augen zusammen. »Haben Sie denn schon eine Vorausbildung?«

»Nein.« Elisabeth schaute sich Hilfe suchend zu Hans um. »Ich spiele seit Jahren Klavier und ...«

»... und ich bin ihr Lehrer«, beendete Hans ihren Satz. »Ich habe selbst vor einigen Jahren hier am Konservatorium studiert und meinen Abschluss gemacht. Moser – so lautet mein Name. Hans Moser.« Er streckte der Frau seine Hand entgegen und zog seinen Hut zum Gruße. »Das Fräulein Gerhardt ist sehr talentiert. Ich unterrichte sie in Klavier und Gesang. Das wird wohl als vorangegangene Grundlagenbildung ausreichend sein, nehme ich an?« Seine selbstsichere Art beeindruckte Elisabeth.

Schwungvoll setzte sich Hans den Hut wieder auf und strahlte die Empfangsdame gewinnend an. Als hätte er einen grauen Schleier von ihrem Gesicht gezogen, fing die Frau plötzlich an zu strahlen.

»Ach, der Herr Moser! Ja, natürlich, jetzt erkenne ich Sie! Wie schön, Sie wiederzusehen. Klavier- und Gesangsunterricht, sagen Sie? Das ist natürlich etwas ganz anderes.« Sie schaute kurz zu Elisabeth herüber, musterte sie und fuhr dann fort. »Die nächsten Ausbildungen beginnen im Herbst. Bis dahin müssen Sie sich mit einem Zertifikat Ihrer Vorausbildung respektive einem Empfehlungsschreiben Ihres Lehrers …« Sie lächelte Hans an, »… bei uns bewerben. Ferner benötigen wir einen tabellarischen Lebenslauf, ein von Ihrer Hand verfasstes Schreiben, weshalb Sie diese Ausbildung absolvieren möchten, und, falls nicht eigenes Geld vorhanden ist – denn diese Ausbildung ist mitunter sehr kostenintensiv durch Studienreisen, Gastauftritte in anderen Städten sowie gemeinsame Probenwochenenden mit den anderen Schülern und den Professoren –, eine Bürgschaft der Eltern oder im Fall der Fälle des Ehemanns.« Die Frau beendete ihren Monolog und holte Luft. »Diese Unterlagen reichen Sie dann bitte bis spätestens Ende August bei uns ein. Falls Sie in die engere Auswahl kommen, werden Sie rechtzeitig kontaktiert und zu einem Vorsingen eingeladen. Oder natürlich …«

Hans fiel der Empfangsdame ins Wort: »Es ist noch nicht für dieses Jahr. Das Fräulein Gerhardt absolviert noch eine Ausbildung zur Hauswirtschafterin bei Frau Oberst Moilliet.«

»Ja, genau«, pflichtete Elisabeth ihm bei.

»Na, wenn das so ist«, gab die Dame wieder etwas schnippischer klingend zurück. »Dann kommen Sie doch am besten nächstes Jahr Anfang Mai noch einmal vorbei.

Dann haben wir einen großen Tag der offenen Tür mit Informationsveranstaltungen zu allen Studiengängen.«

Mit dieser Aussicht und um einige Zukunftsvisionen reicher verabschiedeten Elisabeth und Hans von der Empfangsdame und machten sich auf den Heimweg. Christa erwartete sie schon.

»Und? Was gibt es zu berichten?«, fragte sie neugierig. Und ohne die Antwort abzuwarten, fügte sie hinzu: »Da ist übrigens ein Brief für dich gekommen.«

»Ein Brief?« Elisabeth war wie elektrisiert. Endlich ein Lebenszeichen von August? Sie betete, dass es so war, und rannte in den Flur, wo jede der Auszubildenden ein eigenes kleines Postfach hatte. Nervös zog sie den kleinen cremefarbenen Umschlag aus dem Drahtgestell. Absender: August Macke.

»Liebste Lisbeth …« Niemand außer August durfte sie so nennen. Ihr Herz klopfte wie wild, als sie weiterlas: »Deine Mutter war so nett und hat so viel erzählt von Dir. Auch sagte sie, Du hättest so gute Aufnahme gefunden, und Dein Zimmer sei, Deiner romantischen Natur entsprechend, sehr schön gelegen.« Elisabeth nickte heftig, als würde August leibhaftig vor ihr stehen. »Wenn ich an Dich denke und an die schöne Zeit (Du hast es ja auch erkannt, was sie uns war), dann wird es mir fast zuviel, und dann könnte ich wahnsinnig werden vor Sehnsucht. Überhaupt wird das Sehnen immer schlimmer, seit ich zurück bin.«

Nun überschlugen sich die Gedanken in Elisabeths Kopf. Er war zurück! Gott sei Dank war er gesund wieder nach Hause gekommen. Offenbar war er sofort bei ihren Eltern gewesen. Und offensichtlich – und das war sowieso das Allerwichtigste für Elisabeth – hatte er keine hübsche Italienerin mitgebracht, sondern dachte immer noch an sie. Das Glücksgefühl, das sie urplötzlich erfasste, war fast zu stark, als dass sie es hätte aushalten können. Um nicht vor Freunde laut aufzulachen, presste sie sich beide Hände vor den Mund. Unwillkürlich begann sie zu schluchzen, und Tränen liefen ihr über das Gesicht. Eilig hielt sie den Brief in die Höhe, um die Tinte vor den dicken Tropfen zu schützen, die unaufhaltsam über ihre Wangen kullerten und in ihren Schoß tropften. Auf einmal rutschte eine kleine Zeichnung zwischen den Seiten heraus und fiel zu Boden. Vorsichtig hob sie das dünne Blatt auf. Es war kaum größer als eine Postkarte. Durch ihre tränennassen Augen blinzelnd sah sie zwei Personen, die aneinandergelehnt auf einer Parkbank saßen. Über ihnen wölbte sich ein üppig mit roten Rosen geschmückter Laubengang. Sofort kam ihr der geheime Garten in den Sinn. Wo alles angefangen hatte zwischen ihnen. An einem wundervoll warmen Tag Ende Mai genau ein Jahr zuvor.

Eine erneute Woge des Glücks überschwemmte sie. August hatte es nicht vergessen. Nein, besser noch! Er hatte diesen wundervollen, einzigartigen Moment eingefangen. Mit feinen Bleistiftstrichen und einem Hauch Aquarellfarbe. So zart wie ihr gemeinsames Glück. Ihre Tränen fanden kein Ende. Glück, Sehnsucht, Verlangen, all diese Gefühle durchströmten sie.

Zitternd hob sie den Brief und las weiter: »Die schöne Bank im Garten. Nun ist es ein Jahr her, dass wir dasaßen und selig waren zum ersten Mal. Gestern habe ich Dir zu Ehren einen großen Strauß blauer Blumen geholt. Ich sah sie an, immer, und schlief ein – und träumte von Dir, einen herrlichen Traum. Den Traum des vorigen Frühlings noch einmal.«

Elisabeth presste den Brief fest an ihre Brust, und nun jauchzte sie vor Freude. Sie konnte es einfach nicht mehr zurückhalten. Nicht mehr unterdrücken. In diesem Moment war es ihr gleichgültig, ob andere von ihrer Liebe erfahren würden.

Glücklich ließ sie sich auf das frisch gemachte Bett fallen und starrte an die Decke. Sie roch den würzig rauchigen Duft der dunklen Holzbalken. Das Sonnenlicht fiel in einem Kegel durch das geöffnete Fenster. In ihm tanzten kleine Staubkörner wie Glitzersterne. Und von draußen drang das fröhliche Zwitschern der Vögel zu ihr herein. Kaum konnte sie glauben, dass sie vor nicht einmal einer

Stunde noch ernsthaft darüber nachgedacht hatte, die nächsten Jahre in Bern zu bleiben. Was war all diese Idylle ohne August? Am liebsten wäre sie sofort zurück nach Bonn gereist. Aber die Ausbildung bei Frau Oberst dauerte noch ganze vier Monate. Irgendwie musste sie diese Zeit überstehen. Sie brauchte unbedingt Schokolade. Ganz viel davon. Und Papier. Und Stifte. Sie würde ihm jeden Tag schreiben. Sie würde die Stunden, Minuten und Sekunden zählen. Und dann im Herbst, ja, dann würde sie, so schnell es ging, nach Bonn zurückkehren, zurück zu ihrer Familie. Zurück zu August.

KAPITEL 9

Bonn 1906

»Beeile dich bitte, Elisabeth! Sonst verpassen wir noch die Bahn.« Emma stand mit verschränkten Armen in der Tür und sah ihrer Freundin ungeduldig dabei zu, wie sie bereits das dritte Kleid anprobierte und sich vor dem Spiegel hin und her drehte.

»Eine Sekunde noch!«, rief Elisabeth mit hochroten Wangen und griff nach einem cremefarbenen Hut.

»Ein Hut, ein Hut, ein Hut, der steht mir gut!«, sang sie und schnappte sich ihr kleines Handgelenktäschchen, worin sie alles Notwendige verstaut hatte. Geldbeutel, Riechfläschchen, zwei Stofftaschentücher, etwas Lippenstift und ein Sträußchen mit Rosen, das sie herausnehmen würde, sobald sie den Bahnhof erreicht hatten. Ihre Eltern sollten unter keinen Umständen Verdacht schöpfen.

»Bist du endlich fertig?«, drängte Emma und öffnete die Zimmertür. »Wir müssen wirklich los.«

Elisabeth warf einen letzten prüfenden Blick in den Spiegel, dann drehte sie sich um und eilte hinter ihrer Freundin her.

Sie konnte es noch immer nicht glauben, dass sie gleich ihren geliebten August wiedersehen würde. Aber zuvor musste sie noch an ihren Eltern vorbei. Ihre Mutter wartete bereits am Fuße der Treppe und beäugte die beiden kritisch.

»Hübsch seht ihr aus. Nicht, dass ihr mir den Kölner Männern den Kopf verdreht«, meinte sie nachdenklich.

»Nun lass sie doch, Sophie«, murmelte Elisabeths Vater aus der Stube und blickte von seiner Zeitung auf. »Die beiden haben sich ihren Spaß verdient. Und auch die Blicke der Männer. Solange es nur Blicke sind, ist doch nichts daran auszusetzen.«

»Na gut, wie du meinst.« Sophie Gerhardt war noch nicht ganz überzeugt, ließ die Mädchen jedoch endlich gehen.

»Und dass ihr mir ja ein paar schöne Geschichten aus dem Theater mitbringt«, rief sie ihnen noch hinterher, aber da waren Elisabeth und Emma schon hinter der nächsten Häuserecke verschwunden.

Sie lächelten sich an. Unter dem Vorwand, sie würden sich im Theater die Uraufführung der *Salome* von

Strauss ansehen, hatten sie die Gerhardts überzeugen können, Elisabeths Geburtstag in Köln verbringen zu dürfen. Es war schließlich nicht irgendein Geburtstag, sondern der achtzehnte. Mit vor Aufregung wackeligen Beinen machte Elisabeth sich auf den Weg zum Bahnhof. Es war nur ein kurzer Fußmarsch von einer Viertelstunde. Wenn sie sich beeilten, würden es höchsten zehn Minuten sein. Den Zug sollten sie also noch rechtzeitig erreichen. Von der Bornheimer Straße aus bogen sie in die Gabelsbergerstraße ein. Dann in die Thomastraße und immer entlang der Bahnschienen, bis sie irgendwann auf die breit angelegte Herwarthstraße gelangten, die sie direkt vor den Bahnhofseingang führte. Obwohl sie nicht einmal hatten laufen müssen, war Elisabeth vollkommen außer Atem. Ihre Hände waren feucht, ihre Beine zitterten, und das Handtäschchen hatte sie so verkrampft festgehalten, dass der Rosenstrauß darin gänzlich zerdrückt worden war.

»Du hast genug Rosen bei dir«, versuchte Emma, sie aufzumuntern. Denn Elisabeth trug nicht nur ein helles leichtes Sommerkleid, das über und über mit Röschen bestickt war, sondern hatte auch ein paar echte Rosen hinter das grüne Hutband gesteckt. Die komplementären Farben leuchteten um die Wette, stahlen der hübschen jungen Dame jedoch nicht die Schau. Denn vor lauter Aufregung schien sie noch strahlender und schöner als sonst zu sein.

Emma drückte sie kurz, dann ergriff sie ihre Hand und zog sie hinter sich her in Richtung des Bahnsteigs, von dem aus ihr Zug nach Köln in wenigen Minuten abfahren sollte.

Das erste Mal tief durchatmen konnte Elisabeth erst, als sie bereits eine Weile im Zug saßen. Sie starrte aus dem Fenster und ließ sich vom Anblick der an ihnen vorbeiziehenden Landschaft beruhigen. Inständig hoffte sie, dass ihr Plan aufgehen würde. Emma sollte sie bis nach Köln begleiten. Dort wollte Elisabeth den Zug wechseln und bis nach Düsseldorf weiterfahren, wo August sie am Hauptbahnhof abholen sollte.

Hoffentlich war er da! Nervös fing sie an, ihre Handtasche zu kneten.

»Es wird schon alles schiefgehen«, ermunterte Emma sie mit einem Zwinkern. »Ich bin dir auf jeden Fall sehr dankbar für deine geniale Idee. So sehe ich Fried schneller wieder, als ich gedacht hatte. Ich vermisse ihn schon ganz furchtbar. Aber wem erzähle ich das?« Sie lachte.

Ja, über die Sehnsucht nach einem Menschen brauchte sie Elisabeth nicht viel zu sagen. Sie wusste, wie schlimm das sein konnte. Wie quälend lang die Stunden und Tage erschienen, bis man sich endlich wieder in die Arme schließen konnte. Wenn alles klappte, würde es für sie das schönste Geburtstagsfest werden, das sie jemals erlebt hatte. Da war sich Elisabeth sicher.

Der Zugwechsel in Köln klappte reibungslos. Und die Weiterfahrt dauerte zum Glück auch nicht lange. Kaum war der Zug mit quietschenden Bremsen im Düsseldorfer Hauptbahnhof zum Stehen gekommen, drängte Elisabeth auch schon aus ihrem Abteil und sprang hinab auf den Bahnsteig. Angespannt schaute sie sich um. Es herrschte ein reger Betrieb. August in diesem Gedränge ausfindig zu machen würde keine leichte Aufgabe sein. Sie hatten keinen Treffpunkt vereinbart. Eine Taube, die sich über ein paar verstreute Brotkrumen hergemacht hatte, flatterte aufgeregt davon, als Elisabeth auf sie zukam. Langsam begann sich der Bahnsteig zu leeren. Vielleicht war es das Beste, sie blieb hier stehen. August würde schon kommen.

Ihr Blick fiel auf die große runde Bahnhofsuhr mit ihren riesigen Zeigern und dem römischen Ziffernblatt. Es war kurz vor zwölf. Fast einen ganzen Tag würde sie gemeinsam mit August verbringen können. Wenn er denn bald kommen würde.

Suchend blickte sie sich um. Gerne hätte sie sich eine Weile hingesetzt. Es war zwar erst der elfte Mai, aber wie so oft zu ihrem Geburtstag herrschten bereits sommerliche Temperaturen. Die schwülwarme Luft hatte sich auch einen Weg in die sonst eher kühle Bahnhofshalle gebahnt.

Plötzlich hörte sie Schritte hinter sich. Dann die vertraute Stimme ihres Liebsten.

»Lisbeth!« Völlig außer Atem kam August vor ihr zum Stehen. Er stemmte die Hände in die Seiten und beugte sich leicht nach vorne, um kurz zu verschnaufen. Sein Kopf war hochrot, aber er strahlte vor Glück.

»Es tut mir leid!«, presste er schwer atmend hervor und wischte sich ein paar Schweißtropfen von der Stirn. »Ich wurde von Cito aufgehalten. Der kann was erleben, wenn ich heimkomme!« Er lachte und nahm Elisabeth stürmisch in den Arm. »Lass dich ansehen, Geburtstagskind!« Hastig holte er eine rote Rose aus seiner Umhängetasche und überreichte sie ihr feierlich. »Ich würde auch singen, wenn ich könnte. Aber ich glaube, ich bleibe wohl lieber beim Malen und überlasse das Musizieren anderen.«

Hocherfreut steckte Elisabeth sich die Rose zu der anderen hinter das Hutband und ergriff Augusts Hand. Sie konnte es kaum abwarten, zu sehen, wie er lebte. Auch auf seinen Mitbewohner, Claus Cito, einen Bildhauer aus Luxemburg, war sie gespannt. August hatte schon viel von ihm berichtet, und sie war froh gewesen, dass er, nachdem er seine Ausbildung an der Akademie vorzeitig beendet hatte, wieder Anschluss an Künstler seines Alters gefunden hatte. Der fachliche Diskurs war so wichtig, um mit dem eigenen Werk weiterzukommen. Unter Künstlern mochte es viel Konkurrenz und Imponiergehabe geben, aber der geistige Austausch und auch die Inspiration, die das Werk eines anderen Künstlers sein konnte, waren von unschätzbarem Wert.

Zudem freute sie sich auch auf Willi Schmidtbonn, von dem August in den höchsten Tönen sprach und den sie nun endlich persönlich kennenlernen würde. Welch ein glücklicher Zufall, dass er August eine kleine Wohnung in seinem Haus in Oberkassel hatte bereitstellen können.

Gemeinsam machten sie sich mit der elektrischen Eisenbahn auf in Richtung Oberkassel, wo das Haus der Schmidtbonns lag und wo August seine günstige, aber, den Beschreibungen nach zu urteilen, sehr komfortable Unterkunft gefunden hatte.

Elisabeth erkannte das Haus schon von Weitem. In den Blumenkästen unter den Fenstern leuchteten rote Geranien, und im Garten hing Wäsche zum Trocknen über der Schnur. Aus seinem Atelierfenster im zweiten Stock musste August einen herrlichen Blick auf die Landschaft und die Umgebung haben. Elisabeth war gespannt auf sein Zimmer. Eilig liefen sie die Treppe hinauf.

Was sie sah, ließ sie staunen. August hatte nicht zu

viel versprochen. Der Raum war blitzsauber und mit gediegenem Mobiliar ausgestattet. Überall standen Sträuße mit frischen Blumen, und an den Wänden hingen zart geflochtene Vergissmeinnicht-Kränze. Sie entdeckte eine Fotografie von sich, die über seinem Bett hing. Und auf der Staffelei stand ein Bild, an dem August zurzeit arbeitete – zwei Menschen, die auf einem kleinen Hügel im Gras lagen und ins Tal hinunterblickten. Über ihnen der goldfarbene Himmel. Es erinnerte sie an ihre gemeinsamen Stunden in den Wiesen und Feldern rund um Bonn.

Begeistert fiel sie August um den Hals.

»Wie wunderschön du es hier hast!« Sie stürmte ans Fenster und sog die frische Frühlingsluft ein. »Dieser Ausblick! Großartig! Hast du ihn schon gemalt?«

»Natürlich. So oft, dass ich schon befürchtet habe, es würde mir eines Tages langweilig werden. Aber du glaubst nicht, wie rasant sich die Natur hier verändert. Jeden Tag bekomme ich ein anderes Bild zu sehen.«

Sie sah das Leuchten in Augusts Augen. Ihn so glücklich zu sehen war das schönste Geburtstagsgeschenk.

Zum Mittagessen fuhren sie mit der Bahn zurück nach Düsseldorf. Dort trafen sie Cito, der einen netten Eindruck machte. Gemeinsam schlenderten sie durch den Hofgarten, bis er sich mit den Worten verabschiedete, er müsse »noch schnell die Bildhauerklasse der Akademie aufmischen, bevor er sich einen Namen machen könne in der Kunstwelt«.

Sein Humor war speziell, aber August verstand sich gut mit ihm. Und er behielt den Kontakt zur Akademie. Auch wenn er sich mehr und mehr für das Theater engagierte und dort mittlerweile sogar die Bühnenbilder gestaltete.

»Schmidtbonn hat mir eine feste Stelle am Theater angeboten«, sagte er plötzlich, als habe er Elisabeths Gedanken gelesen. Mit großen Augen sah sie ihn an.

»Aber ich dachte, du wolltest es als freischaffender Künstler versuchen, August. Du weißt doch, ich würde dich bei allem unterstützen. Wir können auch Onkel Bernhard fragen, ob er dir aushelfen kann, falls du gerade das nötige Geld nicht …«

August unterbrach sie mitten im Satz: »Nein, Lisbeth, das brauche ich nicht. Ich habe schon einige Bilder verkaufen können. Aber ich bin auch gerne am Theater, und mit einer regelmäßig bezahlten Tätigkeit dort könnte ich mir die Malerei besser finanzieren. Ich hätte es leichter, weißt du?«

»Das glaubst du doch nicht wirklich, August, oder? Wie viele Künstler schaffen es, sich voll und ganz ihrer Leidenschaft zu widmen, wenn sie an anderer Stelle Arbeit verrichten müssen?«

»Cito schafft das auch«, murmelte August.

Elisabeth merkte jedoch sofort, dass er dabei war, sich etwas einzureden.

»Es wird dich von deinem eigentlichen Ziel abbringen, August. Da bin ich mir sicher. Nicht umsonst heißt es *Leidenschaft.*« Sie sprach das Wort extra deutlich mit der Betonung auf *Leiden* und ließ es für einen Moment nachwirken, ehe sie weitersprach.

»Man muss durch eine oder auch mehrere Phasen des Leides gehen, um etwas erschaffen zu können. Und wenn es bloß die Sorgen um Geld sind. Welchem Künstler geht das nicht so? Aber daraus erwächst doch auch die Motivation oder nicht? Ist es nicht oft an grauen Tagen die Triebfeder, um etwas zu erschaffen, wovon man am Ende auch leben kann? Das hast du mir doch immer gesagt.«

Abwartend schaute Elisabeth zur Seite. Mittlerweile waren sie auf der berühmten Königsallee angelangt. Es herrschte ein reger Verkehr. Unter den zartgrün belaubten Bäumen hatten es sich fein gekleidete Herrschaften bequem gemacht und nahmen ihren Kaffee zu sich. Vor den edlen Hoteleingängen standen Pagen in adretten Kostümen, und die Sonne strahlte mit den gepflegten hellen Häuserfassaden um die Wette.

Hier lässt es sich aushalten, dachte Elisabeth und vergaß für einen Moment die angespannte Unterhaltung mit August. Ihr Blick glitt sehnsüchtig zu einem der Cafés, in deren Auslage sich köstliche Kuchen und Torten stapelten.

August war ihrem Blick gefolgt.

»Ich lade dich ein auf einen Kaffee und ein Stück Sahnetorte. Was meinst du? Ist das Mittagessen schon verdaut?«

Geschickt hatte er es geschafft, das Thema zu wechseln.

Am Nachmittag fuhren sie noch einmal zurück nach Oberkassel und gingen zu Willi Schmidtbonn und seiner Frau, damit Elisabeth die beiden endlich einmal persönlich kennenlernen konnte. Das Ehepaar wartete schon mit selbstgebackenem Kuchen und frisch gebrühtem Kaffee und hatte sogar ein kleines Geschenk für Elisabeth bereitgelegt. Da sie wussten, wie gerne sie vor allem die Texte von Willi Schmidtbonn las, hatte er ihr eigens eine kleine Sammlung zusammengestellt und diese in einem hübschen Einband mit einer Widmung versehen. Elisabeth war gerührt und wusste nicht, wie sie sich erkenntlich zeigen konnte. Aber die natürliche und lockere Art der Schmidtbonns nahm ihr die anfängliche Verlegenheit, und es wurde ein entspannter Nachmittag, den sie bei herrlichstem Sonnenschein auf der Terrasse genießen konnten. Es war so schön, dass Elisabeth vollkommen die Zeit vergaß und am Ende trotz hastigen Aufbruchs ihren Zug nach Köln verpasste, wo sie sich für die Rückfahrt nach Bonn mit Emma verabredet hatte.

Verzweifelt rannte sie zu einem Bahnaufseher, um sich nach weiteren Zügen Richtung Köln zu erkundigen. Erst eine Stunde später konnte sie sich auf den Heimweg machen. Sie hoffte inständig, dass sie keinen Ärger mit ihren Eltern bekommen würde.

»Mach dir keine Sorgen«, versuchte August, sie aufzuheitern. »Deine Eltern werden sicher ein Auge zudrücken. Es ist doch schließlich dein Geburtstag.«

»Dein Wort in Gottes Ohr«, erwiderte Elisabeth sorgenvoll und gab ihrem Liebsten zum Abschied einen langen Kuss, auch wenn es sich in der Öffentlichkeit eigentlich nicht ziemte, so etwas zu tun.

KAPITEL 10

Paris 1907

Paris! Welch ein Fest für die Sinne! August ließ sich durch die schmalen Gassen und über die breiten Boulevards treiben, stolpernd und staunend angesichts der unglaublichen Schönheit dieser Stadt. Er fragte sich, warum er nicht schon viel früher hierhergekommen war. Aber die Vorwürfe sich selbst gegenüber zerschellten schon wenige Sekunden, nachdem er sie erdacht hatte. Alles wirkte edel und chic. Der helle Sandstein und die schwarzen geschwungenen Balkone harmonierten perfekt. Er konnte sich kaum sattsehen. Obwohl er erst wenige Tage in der Stadt war, hatte er bereits eine gute Orientierung. Das kam nicht zuletzt daher, dass ihm anfangs kaum Geld zur Verfügung gestanden hatte, weshalb er sich Paris mehr oder weniger hatte erlaufen müssen. Doch seit dem gestrigen Tag war alles anders.

Gleich nach seiner Ankunft hatte er Elisabeth einen Brief geschrieben. Er hatte von der Schönheit der Stadt geschwärmt und ihr berichtet, wie viel er bereits gesehen hatte, obwohl er sich nur ab und an eine Fahrt im Omnibus leisten konnte, der ihn von einer Sehenswürdigkeit zur nächsten brachte, ohne dass er sich allzu sehr anstrengen musste. Die vielen Sinneseindrücke erschöpften ihn ohnehin schon.

Jeden Abend fiel er glücklich, aber todmüde ins Bett und merkte auf diese Weise kaum, in welch heruntergekommenem Etablissement er gelandet war. Unter seinem Fenster befand sich eine Kneipe, *Le chat rouge,* aus der auch in den frühen Morgenstunden noch laute Musik und grölende Gesänge zu ihm heraufschallten. Am Morgen war er dennoch ausgeruht gewesen und hatte sich mit einem starken Kaffee und einem buttrig weichen Croissant für den Tag gestärkt.

Und doch spürte er bereits einen leisen Abschiedsschmerz. Eigentlich hatte er mehrere Wochen bleiben und die Werke der Impressionisten in den zahlreichen Museen studieren wollen. Aber Paris war schlichtweg zu teuer. An einen längeren Aufenthalt war nicht zu denken. Kaum hatte er Elisabeth diesen quälenden Gedanken mitgeteilt, wurde er eines Morgens von einem Geldboten aus dem Schlaf geklingelt.

»Bonjour, sind Sie Monsieur Macké?« Ein älterer Mann

in einer schicken dunkelblauen Uniform mit goldenen Knöpfen am Revers stand vor seinem Zimmer und äugte durch den Türspalt.

»Ja, der bin ich wohl. Oui, Monsieur«, sagte August, bemüht, einige französische Vokabeln aus seinem Wortschatz hervorzukramen.

Der Bote drückte ihm einen dicken Umschlag in die Hand.

»Dreihundert Francs für Monsieur«, sagte er sachlich, als handle es sich um eine Tüte Brötchen. Kritisch musterte er den verdutzten Maler, und August beschlich das Gefühl, dass er ihm das Geld sogleich wieder abnehmen würde, wenn er nicht schnell zugriff. Dankend nahm er den Umschlag an.

»Können Sie sich ausweisen, Monsieur?«, fragte der Bote nun doch. Seine Skepsis war ihm deutlich anzusehen. Wer hätte es ihm auch verdenken können? Nachdem August am Tag zuvor kilometerweit durch die unter der Junisonne ächzende Großstadt gelaufen war, hatte er es am Abend nicht einmal mehr geschafft, seine Straßenkleidung auszuziehen, und war ohne Umschweife ins Bett gefallen. Dementsprechend verknittert sah er an diesem frühen Morgen aus. Dazu sein unwissender Blick und sein nicht allzu gutes Französisch. Erst nachdem er dem Boten seinen Ausweis sowie die Reisepapiere und eine Abrechnung seiner nächtlichen Unterkunft gezeigt hatte, ließ der Bote es gut sein und zog von dannen.

Sofort öffnete er den Umschlag. Da lagen tatsächlich drei Hundert-Francs-Scheine – und ein Brief. Mit vor Aufregung zittrigen Händen begann August zu lesen. Offenbar hatte Elisabeth ihrem Onkel Bernhard Koehler von der kostspieligen Reise nach Paris und seinem Leid, dass er kaum Geld hatte, sich etwas zu essen zu kaufen, berichtet. Ihr Onkel schrieb August, er solle sich nunmehr voll und ganz auf die schönen Künste konzentrieren, um mit neuen Anregungen heimzukehren und die deutsche Kunstlandschaft *aufzurütteln.* Ja, Bernhard Koehler war ein sehr progressiver Mann, den jungen Künstlern zugewandt und erpicht darauf, ihren Aufstieg zu begleiten und frühzeitig in ihr Talent zu investieren. Auch wenn sich August nicht sicher war, ob er es überhaupt wert war, eine solche Summe zu erhalten, nur um seiner Leidenschaft frönen zu können. Aber fürs Erste wollte er es gut sein lassen und den Rat des Onkels beherzigen.

Wenig später stand er auf dem Pont Neuf und ließ seinen Blick über die Stadt schweifen. Die Gebäude ringsherum, allen voran der prächtige Palais du Louvre, der einst die Residenz der französischen Könige gewesen war, erhoben sich majestätisch in den blauen Himmel. Wie ein Diamant funkelte das ruhige Wasser der Seine im gleißenden Licht der Mittagssonne. Von einem der Ufer drang Akkordeonmusik zu ihm herüber. August sog die Luft tief in sich ein, als könne er so dem Geist und der Schönheit der Stadt habhaft werden. Unschlüssig blickte er sich um. Er konnte sich kaum entscheiden, was er als Nächstes tun wollte. Am Vormittag hatte er sich bereits die Carrière-Ausstellung angesehen, deretwegen er ursprünglich nach Paris gekommen war und die ihn sehr beeindruckt hatte. Danach war er durch den Jardin des Tuileries geschlendert und hatte sich die Nase an den Schaufenstern der Luxusgeschäfte entlang der Rue de Rivoli plattgedrückt. Eigentlich hatte er sich im Anschluss die Werke von Rembrandt im Louvre ansehen wollen, aber auch die Arbeiten von Manet, Monet und Renoir im Musée du Luxembourg zogen ihn magisch an. Vielleicht sollte er jedoch erst einmal etwas essen. Denn mit leerem Magen machte all das nur halb so viel Spaß, und über das nötige Kleingeld verfügte er nun dank Elisabeths Onkel ja.

Von dem Pont Neuf aus war es nicht weit zum Café du Dôme, das angeblich ein Treffpunkt für Künstler, Sammler und Galeristen war. Außerdem sollte es dort einen günstigen Mittagstisch geben. Denn auch mit dreihundert Francs in seiner Geldbörse würde er haushalten müssen. Er würde noch einige Tage brauchen, um all das zu sehen, was er sich vorgenommen hatte.

Das Le Dôme lag im 14. Arrondissement an der Ecke zwischen Rue Delambre und Boulevard du Montparnasse, der dem Viertel auch seinen Namen verlieh. Wenn im Montmartre rund um die strahlend weiße Basilika Sacré-Coeur das künstlerische Herz von Paris schlug, dann arbeitete hier am Boulevard du Montparnasse das Gehirn. Hier trafen sich Künstler, Sammler und Galeristen, hier wurden Kontakte geknüpft und neue Stilrichtungen geprägt. Es wurde eiskalt verhandelt und freundschaftlich miteinander getrunken. Anders als am Montmartre, das unter den gut betuchten Parisern als Sündenpfuhl verschrien war, mischte sich in Montparnasse der Geldadel mit dem normalen Volk. Hier traf der Bonvivant auf den Bohemien.

August bahnte sich einen Weg durch die zahlreichen Tische und Stühle, die den breiten Gehweg vor dem Café füllten. Prächtige Platanen säumten die Straße und spendeten etwas Schutz vor der sengenden Mittagssonne. August betrachtete die Menschen um sich herum. Adrett gekleidete junge Damen parlierten in schönstem Französisch miteinander. Die Männer trugen, so kam es ihm zumindest vor, fast ausnahmslos maßgeschneiderte Anzüge aus exquisitesten Stoffen. Und über allem lag der Hauch einer Aufbruchstimmung, wie sie August schon lange nicht mehr gespürt hatte. In Paris war man schon deutlich weiter als bei ihnen in Deutschland. Nicht nur, was die Mode betraf, die so viel moderner wirkte als die alten, graubraunen Anzüge und die dunkelblauen knöchellangen Kleider der jungen Frauen in Bonn. Elisabeth war natürlich eine Ausnahme. Sie trug immer sehr gewagte Kreationen, die sie sich selbst schneiderte. Außerdem hatte sie ein gutes Gespür für Mode und Trends. In Paris würde sie sich wohlfühlen, da war August sich sicher. Wie gerne er sie jetzt an seiner Seite gehabt hätte! Mit ihr konnte er stundenlang reden oder schweigen und einfach nur die Stimmung, die Geräusche, die Umgebung genießen. Er vermisste sie. Und er nahm sich fest vor, ihr noch am selben Abend einen Brief zu schreiben, um ihr von seinen Erlebnissen zu berichten.

Noch einen Moment beobachtete er das geschäftige Treiben um sich herum, dann betrat er das Café.

Hinter einem schweren Vorhang aus burgunderrotem Samt erstreckte sich ein dunkel vertäfelter Innenraum, der nur spärlich vom Tageslicht ausgeleuchtet wurde. August blieb stehen und blickte sich um. Überall gab es kleine Nischen, in denen Tische für zwei, drei oder vier Personen standen. Die Wände waren mit aufwändig gearbeiteten Spiegelornamenten und floralen Mustern verziert. Typische Elemente des Jugendstils, die sich in der weiteren Ausstattung des Cafés fortsetzten. Die Leuchter sahen aus wie überdimensionierte Blütenkelche, die von der Decke hingen, an den mit dickem Stoff bezogenen

Lampenschirmen baumelten kleine Troddeln und Fransen, und auch die Decke war überzogen von dekorativ angelegten Spiegelflächen.

Nachdem August sich einen groben ersten Überblick verschafft hatte, setzte er sich an einen kleinen Einzeltisch in eines der hinteren Séparées. Von hier aus hatte er den gesamten Gastraum sowie den Eingang im Blick. Er bestellte Zwiebelsuppe und einen Korb Baguette und nahm sich ein *journal,* um etwas darin zu blättern. Aber kaum hatte er die Zeitung aufgeschlagen, wurde es am Nebentisch plötzlich unruhig.

Eine Gruppe von vier jungen Männern, die gerade einmal ein paar Jahre älter als August sein mochten, waren in eine hitzige Debatte vertieft. Plötzlich sprang einer von ihnen so heftig auf, dass ihm fast der Stuhl nach hinten gekippt wäre. Erregt fuhr er sich mit der Hand durch die dichten dunklen Locken.

»Nach der Natur malen, nennst du das? Pah, dass ich nicht lache! Du kannst doch nicht ernsthaft behaupten wollen, dass du dir da draußen stundenlang die Beine in den Bauch stehst?« Er fixierte einen schmächtigen Blonden, der an der Stirnseite des Tisches saß und in aller Ruhe einen Schluck Rotwein trank, bevor er antwortete.

»Was glaubst denn du? Leicht mache ich es mir sicher nicht. Aber die Malerei in der Natur bietet so viel mehr als ein stinkendes dunkles Atelier.«

»Ich stimme dir voll und ganz zu, Eugène!«, rief ein Dritter mit gezwirbeltem Schnurrbart und schwarzem Barett. »Komm mit uns mit, Albert. Dann wirst du die Vorzüge der Freilichtmalerei auch bald zu schätzen wissen.«

Der junge Mann mit den lockige Haaren, der offenbar Albert hieß, sah immer noch skeptisch aus. Langsam setzte er sich wieder und blickte zu dem Vierten hinüber, der sich bislang zurückgehalten und das Geschehen mit leicht belustigter Miene verfolgt hatte.

»Was meinst du, Jean-Pièrre? Du bist still. Das ist sonst gar nicht deine Art!«

»Ich schweige und genieße«, gab der Vierte grinsend zurück.

»Nein, im Ernst. Wie stehst du zum Impressionismus?«

Jean-Pièrre schien seine Worte gut abzuwägen. Dann sprach er so leise, dass August Mühe hatte, ihn zu verstehen. »Es gibt keine Wahrheit, es gibt nur Versionen.«

Schweigen folgte auf seine Worte.

Albert, der dunkel Gelockte, schaute ihn fragend an. Auch die beiden anderen reagierten nicht sofort.

»Welch große Worte!« Der Blonde lachte auf. »Aber wahr! Schon Monet ist daran verzweifelt, das einzufangen, was er wirklich gesehen hat. Deshalb hat er ja die Serien angefertigt. Heuschober, Seerosen, Kathedralen und was weiß ich noch alles. Immer eine andere Zeit, immer eine andere Stimmung. Weil es eben mit dem einen Bild nicht getan ist. Weil das Auge so viel mehr wahrnimmt, als der Künstler in nur einem Bild auszudrücken vermag.«

»Am Ende ist es nur ein Bild.« Der Schnurrbartträger nickte wissend. »Ich habe gehört, Monet hat auch klein angefangen. Es besteht also Hoffnung für uns, meine Herren!«

»Karikaturen soll er gemalt haben. Schon als Schüler.«

»Und sie zu Wucherpreisen verkauft haben.« Der Mann, der Jean-Pièrre hieß, lachte. »Zehn Francs das Stück.«

»Zwanzig Francs, mein Lieber, zwanzig Francs waren es angeblich sogar!«, fiel Albert ihm ins Wort.

»Und ausgestellt hat er seine Werke zunächst in einem einfachen Laden für Bilderrahmen«, ergänzte Jean-Pièrre. »Alles andere als glamourös, wenn du mich fragst.«

»Wenn man es genau nimmt, hat er seinen Ruhm nur Boudin zu verdanken«, räumte Eugène ein. »Der hat ihn schließlich zum ersten Mal mitgenommen, um in der Natur zu malen.«

»Das habe ich auch gehört«, ergänzte der Vierte, dessen Namen August noch nicht vernommen hatte.

»Hat er nicht einmal behauptet, er verdanke all seinen Ruhm im Grunde genommen nur Boudin?«

»Pah, würde mich wundern!« Eugène lachte auf. »Er soll sehr kauzig und arrogant gewesen sein. Der hat mit Sicherheit niemand anderen für sein Können verantwortlich gemacht. Der eigentliche Revolutionär war doch Manet, meine Herren! Stichwort *Frühstück im Freien*. Wer hätte sich die Freizügigkeit des Dargestellten zu der Zeit sonst getraut? Das erste Mal Nacktheit im öffentlichen Raum darstellen ohne biblische Legitimation? Monet wiegt sich lieber in Sicherheit mit gefälligen Motiven aus der Natur.« Er schnaubte verächtlich.

»Aber Monet hat gekämpft. Er hat am Anfang doch kaum Geld verdient mit seiner Malerei und trotzdem weitergemacht. Das imponiert mir. Das macht den wahren Künstler aus!«, rief Jean-Pièrre.

»Ja, und am Ende wurde er des Ruhmes überdrüssig«, entgegnete Eugène. »Angeblich hat er sich die Seerosen exklusiv aus Japan nach Giverny kommen lassen. Er soll dort acht Gärtner engagiert haben. Einer war sogar nur dafür zuständig, den Staub von den Seerosen zu wischen. Die pure Dekadenz! Ich frage euch: Kann das ein echter Künstler sein?«

»Aber ja! Bittere Armut und Champagner in Strömen! Das ist das wahre Künstlerleben!« Albert erhob begeistert sein Glas. Jean-Pièrre grinste und prostete ihm fröhlich zu.

»Du verbringst deutlich zu viel Zeit mit Zola, Albert!« Auch Eugène erhob lachend sein Glas. Trotz des profunden Schlagabtausches gingen die vier doch freundschaftlich miteinander um.

»Also, das Angebot steht, Eugène. Wir wollen morgen wieder raus in den Bois de Boulogne. Komm mit uns mit, und wir werden dir die Schönheit der Natur schon beibringen.«

»Das überlasse ich lieber euch.« Eugène breitete die Arme aus. »Ich habe morgen ein wichtiges Gespräch mit Vollard. Vielleicht kann ich in der nächsten Ausstellung ein paar meiner Werke unterbringen. Mal sehen, was sich ergibt.«

Albert stieß einen hohen Pfeifton aus, den August trotz einigen Abstands zum Nebentisch deutlich vernehmen konnte.

»Hut ab! Hat Vollard noch Platz? Ich hätte da auch ein paar schöne Stücke, die ich beisteuern könnte.«

»Gratulation!«, pflichtete Jean-Pièrre ihm bei. »Darauf sollten wir anstoßen, was meint ihr?« Er erhob erneut sein Glas, und alle stimmten in das fröhliche Gelächter ein.

»Auf die Liebe und das Leben! Auf die Kunst! Santé!«

Es klirrte gewaltig, als die Gläser gegeneinander schlugen. August musste schmunzeln. Diese Männer verkörperten genau das, was er spürte, wenn er die Werke der Impressionisten betrachtete. Eine durch und durch lebensbejahende Einstellung. Freude, Leichtigkeit und Genuss am Schönen, vereint in harmonischen, süßlich weichen Farben, die zart auf der Leinwand dahinschmolzen wie eines der berühmten Pariser Macarons im Mund.

Genau das war es, wonach er sich all die Jahre an der Akademie gesehnt hatte! Endlich raus aus dem Atelier und hinein in die Natur. Die Freiheit, zu malen, was er sah und was ihm gefiel. Das Leben zu feiern und nicht in alten, starren Mustern zu verharren und in dunklen, miefigen Räumen vor staubigen Gipsabgüssen zu stehen.

Endlich hatte er gefunden, wonach er all die Jahre gesucht hatte.

Die Männer am Nebentisch waren aufgestanden.

»Dann wollen wir uns mal anschauen, was Eugène Vollard anbieten will«, hüstelte Albert in ironischem Unterton und zwirbelte geziert an seinem Schnurrbart. Er trug ein einfaches schwarzes Sakko über einem hellblauen Hemd, das er weit aufgeknöpft hatte. Die anderen folgten ihm Richtung Ausgang.

August sah der Gruppe noch eine Weile nach, in Gedanken schwelgend und zutiefst dankbar, dass er zur rechten Zeit am rechten Ort gewesen war, um dieses Gespräch mit anhören zu können. Es hatte ihm die Augen geöffnet, worauf er in Zukunft in der Malerei achten wollte. Nicht die Dinge, wie sie waren, sondern wie sie ihm *erschienen,* wollte er auf die Leinwand bringen.

Licht, Farbe, Leichtigkeit.

Sein Blick fiel auf die mittlerweile abgekühlte Zwiebelsuppe, die vor ihm auf dem Tisch stand. Er hatte kaum davon gekostet. Sein Hunger war mit einem Mal verschwunden. Aufgeregt kramte er ein paar Münzen aus seiner Hosentasche und lief zum Ausgang.

Es wurde höchste Zeit, die Meister persönlich zu treffen. Schnellen Schrittes begab er sich auf den Weg zum Musée du Luxembourg.

KAPITEL 11

Bonn 1908

Elisabeth stand an dem kleinen Sprossenfenster ihres Zimmers und schaute hinaus in den Garten. Es hatte begonnen zu schneien. Langsam verschmolzen die kleinen Flöckchen zu einer zarten weißen Decke, die sich sanft über das dunkle Grün der Tannen legte. Obwohl die Sonne schon fast untergegangen war, ließ der Schnee die Natur hell und freundlich erscheinen.

Elisabeth liebte den Winter. Besonders die langen Spaziergänge mit August in dieser Jahreszeit, auf denen sie einander schon so oft nähergekommen waren. Draußen in der Natur waren sie ungestört. Hier konnten sie ihren Gefühlen freien Lauf lassen. Auch wenn es mitunter klirrend kalt war und ihnen die Hände und Füße blau gefroren waren. Allein Augusts Küsse reichten aus, dass ihr nicht kalt wurde.

Zum Glück hatte sie ihrer Mutter bereits gestanden, wie tief ihre Gefühle für August waren. Auch ihrem Bruder und ihren Cousins und Cousinen sowie Tanten und Onkeln, die ab und an zu Besuch gewesen waren und August jedes Mal im Kreise der engsten Familie angetroffen hatten, war die besondere Verbindung zwischen ihnen nicht entgangen. Gelegentlich hatte es gar spöttische Nachfragen gegeben.

»Was ist das nun mit dir und diesem Macke?«, hatte ihre Tante Auguste eines Tages argwöhnisch gefragt. Und auch die Cousinen hatten neugierig die Ohren gespitzt.

Aber Elisabeth hielt sich bedeckt.

»Solange Mutter unsere Freundschaft duldet, geht das niemanden etwas an«, gab sie keck zurück und setzte ein triumphierendes Lächeln auf. Sollten sie doch alle denken, was sie wollten. Zwischen sie und August konnte sich niemand drängen. Nicht einmal ihr Vater hatte das geschafft, der ihrer lockeren Verbindung Zeit seines Lebens kritisch gegenübergestanden hatte. Elisabeth seufzte unwillkürlich.

Es war nun das zweite Weihnachtsfest ohne ihn. Nach seiner langen, schweren Krankheit war ihr Vater im Oktober des Vorjahres gestorben. Kurz nachdem August Bonn verlassen hatte, um bei Lovis Corinth in Berlin zu studieren. Er hatte es sich fest vorgenommen, nachdem er im Sommer aus Paris heimgekehrt war. Die Impressionisten hatten ihn nachhaltig beeindruckt. In seinen Gemälden, die er in der kurzen Zeit in Bonn gemalt hatte, war es Elisabeth sofort aufgefallen. Alles war heller, freundlicher. Der Pinselstrich hatte eine deutlich flinkere Führung bekommen. Und die Farben verschwammen erst im Auge des Betrachters zu ihrer endgültigen Bestimmung. Sie drehte sich vom Fenster weg und betrachtete ein Bild, das über ihrem Schreibtisch hing. August hatte es ihr geschenkt, bevor er nach Berlin gefahren war.

»Eigentlich müsste ich es behalten. Um immer ganz nah bei dir zu sein«, hatte er ihr ins Ohr geflüstert und ihr einen Kuss auf die Wange gegeben.

»Das ist wunderschön, August!« Elisabeth hatte gestrahlt. Das kleine Ölgemälde war fast quadratisch und nicht größer als ein Sofakissen, und dennoch hatte es eine unglaubliche Leuchtkraft und Ausstrahlung. Zu sehen war der Garten ihres Elternhauses. Alles war saftig grün, und hier und da blitzten bunte Blumen unter den Büschen und zwischen den Gräsern hervor. Im Hintergrund wehte weiß strahlende Wäsche an einer Leine im Sommerwind. Elisabeth meint den Wind fühlen zu können, wenn sie das Bild betrachtete. August hatte ihr ein Stück Sommer geschenkt. Für sie war es das bis dahin schönste Geschenk, das er ihr hatte machen können. Denn im Grunde war sie ein Sommerkind. Auch wenn sie alle Jahreszeiten liebte. Der Sommer war ihr die liebste Zeit von allen. Wenn die Sonne hoch oben am blauen Himmel stand und ihre Wärme in alle

Ecken und Winkel schickte. Wenn die Bäume dicht belaubt waren mit saftig grünen Blättern und es im Garten so bunt blühte, dass man meinen konnte, ein Maler hätte seine Palette fallen lassen. Dann war sie glücklich.

In Gedanken ließ sie sich rücklings ins warme Gras fallen und schaute zu den kleinen weißen Sommerwölkchen in den Himmel. Sie lauschte den Spatzen, Amseln und Staren, die fröhlich um die Wette zwitscherten, und dem leichten Wind, der das Laub zum Rascheln brachte. Und da war es plötzlich wieder: dieses Glücksgefühl, das sie immer spürte, wenn August bei ihr war. Fortgeweht waren die trüben Gedanken an den Tod ihres Vaters, der sie trotz aller seelischen Vorbereitung hart getroffen hatte.

Dankbar löste sie sich vom Anblick des kleinen Ölgemäldes, dem August den einfachen Titel *Wäsche im Garten* verliehen hatte, und ließ ihren Blick weiter durch das Zimmer wandern. Schon jetzt lebte sie wie in einem Museum mit all den Gemälden, Zeichnungen und Aquarellen, die August ihr in den vergangenen Jahren geschenkt hatte.

Obwohl sie die leuchtenden Farben seiner Ölbilder aus der jüngeren Zeit besonders gerne hatte, waren ihr auch die zahlreichen kleinen Zeichnungen ans Herz gewachsen, die August oftmals seinen Briefen beigelegt hatte. Ihr Blick fiel auf eine Skizze, nicht einmal postkartengroß, die sie in einen dunkelgrünen Holzrahmen eingefasst hatte. Das Bild zeigte einen jungen Mann, der an einem offenen

Fenster stand und hinaus in die weite Landschaft blickte. Im Hintergrund waren die Häuser und Fabrikschornsteine einer größeren Stadt zu sehen. Etwas an der Haltung des jungen Mannes wirkte auf den ersten Blick irritierend. Mit seinen Armen hatte er sich auf dem Fenstersims aufgestützt, sein Kopf war gesenkt, und seine Beine wirkten merkwürdig weich, fast so, als könnten sie ihn nicht mehr lange tragen. Schmunzelnd strich Elisabeth über den Rahmen. Der *Liebesschmerz,* wie August diese Zeichnung genannt hatte, war nur allzu ersichtlich. Ein Selbstporträt, das er an einem besonders schweren Tag in Berlin gemalt hatte. Er war kurz davor gewesen, die Koffer zu packen und nach Bonn zurückzukehren, so sehr hatte er sie vermisst.

Auch Elisabeth war es nicht leichtgefallen, August nach Berlin gehen zu lassen. Aber er hatte es sich so gewünscht. Überschwänglich hatte er ihr damals von Lovis Corinth berichtet, einem bereits bekannten, etablierten Maler, der seit einigen Jahren eine private Malschule in Berlin betrieb. Dort wollte er die Kunst des Impressionismus weiter vertiefen. Die Franzosen waren ihm zwar die Liebsten, aber auch der deutsche Impressionismus hatte einiges zu bieten, wie er fand.

»Corinth hat ja auch alles von der Pike auf gelernt«, erzählte er, und es klang ein wenig, als ob er seine Entscheidung rechtfertigen würde.

»Du musst es mir nicht erklären, August«, sagte Elisabeth sanft. »Ich verstehe dich. Du musst hinaus in die Welt und von anderen Malern lernen, damit du deinen Weg finden kannst.«

»Du kannst mich ja besuchen kommen.«

»Das werde ich versuchen. Vielleicht ergibt es sich, dass ich zusammen mit Walter oder meiner Mutter ein paar Tage nach Berlin fahre. Schließlich wohnt Onkel Bernhard dort, und wie ich gehört habe, hat er eine große Wohnung. Hast du eigentlich schon eine Unterkunft gefunden?«

»Ja, du kannst dich doch an Vincenz erinnern, oder? Vincenz Hundhausen, meinen alten Freund. Er studiert Jura in Berlin und hat sich eine riesige Wohnung in Schöneberg gemietet. Aber allein kann er sie nicht bezahlen. Deshalb sucht er gerade zwei Mitbewohner. Und dreimal darfst du raten, wer einer von ihnen sein wird.« August grinste stolz.

»Das ist ja phantastisch!«, rief Elisabeth. »Vincenz ist nett, etwas speziell und eigensinnig, aber nett.«

»Ja, wir werden sicherlich gut miteinander auskommen. Ich werde auch kaum zu Hause sein. Wenn ich schon in Berlin bin und das Glück habe, all diese großen Museen in unmittelbarer Nähe zu haben, dann werde ich die Zeit dort auch voll und ganz auskosten. Und wenn du mich besuchst, zeige ich dir alles, als wäre *ick een waschechta Baliner, wa?*«, imitierte August die typische Berliner Mundart.

Elisabeth musste lachen. August war immer zu Späßen aufgelegt. Er tat ihr gut. Das spürte sie mit jeder Sekunde, die sie mit ihm verbrachte. Insgeheim begann sie, Pläne für ihr späteres gemeinsames Leben zu schmieden. Aber darüber wollte sie nicht mit August sprechen. Sie wollten ihn nicht unter Druck setzen oder allzu sehr einengen. Denn es war ihr nicht entgangen, dass er die meiste Kraft und Energie daraus zog, dass er andauernd reiste und an anderen Orten lebte. Er brauchte die Abwechslung. Lange an einem Ort zu sein lag ihm nicht.

Um noch einmal ihre gemeinsame Zeit mit August in Berlin aufleben zu lassen, nahm Elisabeth ein kleines, mit grünlich glänzendem Stoff bespanntes Kästchen aus dem Regal und klappte es auf. Darin waren Briefe und Karten. Fein säuberlich nach Datum sortiert. Alles, was ihr August in den vergangenen drei Jahren geschickt hatte, hatte sie hierin gesammelt.

Zärtlich strich sie über das Papier. Es war ihr neben dem echten, lebendigen August das Allerliebste und Wertvollste auf der Welt geworden. Ihr fiel eine kleine Ansichtskarte in die Hände. Der Prachtboulevard Unter den Linden war darauf zu sehen. Darunter stand in großen verschnörkelten Lettern *Gruß aus Berlin*. Sie hatte die

Karte als Andenken gekauft, ohne sie zu schreiben, damit sie sich in einsamen Stunden an die schönen Tage in der Großstadt erinnern konnte.

Sie hörte wieder das Klappern der Pferdehufe auf den breiten Pflastersteinen und roch noch einmal den köstlich süßen Duft, der aus der Chocolaterie Sawade strömte, wo ihr Onkel Bernhard fast täglich ein Tütchen Pralinen oder eine Tafel Schokolade gekauft hatte.

»Das ist mein kleines Laster«, hatte er ihr jedes Mal kurz vor dem Betreten des edlen Ladengeschäfts zugeraunt und fröhlich gezwinkert.

»Du darfst dir auch ein Tütchen aussuchen. Die bunten Karamellen sind vorzüglich und ganz ohne Spirituosen.«

Elisabeth hatte eine Schwäche für alles, was aus Mandeln und Marzipan war. Sie suchte sich fast jedes Mal eines der köstlich gefüllten, alkoholfreien Trüffeleier aus und bekam dazu noch dann und wann eine kleine Kostprobe einer der neuesten Kreationen. Sie genoss es, als Begleitung ihres Onkels ebenso freundlich begrüßt und hofiert zu werden wie er.

»Guten Tag, Herr Koehler. Wie geht es Ihnen? Was wünschen Sie heute? Haben Sie schon unsere neueste Kreation gekostet?« Die Verkäuferinnen, die, in adretten Kostümen mit weißen Schürzen gekleidet, hinter der Ladentheke standen und ihr süßestes Lächeln aufgesetzt hatten, gaben sich größte Mühe, die Exklusivität der Schokoladen anzupreisen.

»Ich empfehle Ihnen, von der Bitter-Sahne-Trüffel zu kosten. Eine wahre Herrenpraline mit feinster Trüffelganache und cremiger Sahne verfeinert. Und ein Schuss Weinbrand ist auch noch drin«, flötete sie und hielt den beiden ein silbernes Tablett entgegen, auf dem zwei dunkel glänzende Pralinen lagen. Elisabeth mochte die bitteren Trüffel nicht und wählte stattdessen jedes Mal etwas mit Marzipan aus. Am besten schmeckten ihr die kleinen Vollmilchpralinés mit Pistaziencremefüllung und Nussgarnitur.

So hätte es sich gut noch eine Weile länger leben lassen, dachte Elisabeth und atmete tief ein, so als ob die kleine Ansichtskarte auch ein wenig von dem köstlichen Duft der Chocolaterie zu ihr nach Bonn transportieren könnte. Ein Lichtblick war das diesjährige Weihnachtsfest, zu dem endlich einmal wieder die ganze Familie zusammenkommen würde. Auch Onkel Bernhard hatte sich angekündigt und versprochen, ein paar Leckereien von Sawade mitzubringen. Aber das Wichtigste war, dass August endlich kommen würde. Sein einjähriger Freiwilligendienst beim Militär hatte zwar gerade erst begonnen, aber über die Feiertage bekam er frei und würde dann direkt zu Elisabeth reisen. Das hatte er ihr fest versprochen. Und bisher hatte er sein Wort noch nie gebrochen.

KAPITEL 12

Bonn 1908

Elisabeth, kannst du mir bitte die Dosen mit dem Gebäck abnehmen?« Sophie Gerhardt stand auf einem kleinen Schemel und balancierte drei große runde Blechdosen in ihren Händen. Elisabeth erschrak. »Mutter! Du weißt doch, dass du das nicht machen sollst. Wie oft habe ich dir gesagt, was da alles passieren kann.« Eilig nahm sie die Dosen und stellte sie scheppernd auf dem Küchentisch ab, bevor sie ihrer Mutter die Hand reichte, um sie sicher vom Stuhl auf den festen Boden zurückzugeleiten.

»Ich weiß, Elisabeth. Das war dumm von mir. Es tut mir leid. Aber die Schränke sind einfach zu hoch, oder ich bin zu klein. Wie man es nimmt.«

»Dann frag das nächste Mal bitte Walter«, meinte Elisabeth und klang leicht genervt. Sie hatte ihrer Mutter schon häufig gesagt, dass die meisten Unfälle nicht draußen auf der Straße, sondern im Haushalt passierten, besonders zur Weihnachtszeit.

»Dein Bruder unterhält sich gerade so angeregt mit August«, gab sie zurück und spitzte die Ohren. »August hat wirklich eine Menge zu erzählen. Nun unterhält er uns schon den ganzen Nachmittag mit seinen heiteren Geschichten aus Paris und Berlin. Ich wusste gar nicht, dass ihr dort so viel gemeinsam angeschaut habt. Das war sicher auch für dich eine lehrreiche Zeit, oder?«

»Und wie!« Elisabeth strahlte. »August hat mir alle seine Lieblingswerke gezeigt. Ich glaube, ich habe jedes Berliner Museum von innen gesehen und dazu noch die ganzen historischen Sehenswürdigkeiten. Das Brandenburger Tor, das Schloss, die Gedächtniskirche. Zum Glück hat Onkel Bernhard uns sehr großzügig die Omnibusfahrten bezahlt. Sonst hätte ich mir zu Weihnachten vermutlich ein paar neue Beine gewünscht.«

Aus dem Wohnzimmer drang herzhaftes Lachen. Schnell legte Elisabeth ein paar selbstgebackene Plätzchen auf eine Schale und trug sie zu den Gästen in die Stube.

August war gerade dabei, mit kräftiger Stimme seinen ehemaligen Lehrer Lovis Corinth nachzumachen: »›Wenn Sie schlapp werden und murksen, fangen Sie lieber was anderes an. Immer frisch bleiben, das ist die Hauptsache‹, hat er häufig zu mir gesagt. Er hatte ohnehin eine sehr grobe, ruppige Art. Ich musste mich wirklich erst einmal daran gewöhnen.«

»Ich weiß noch, wie du mir ganz deprimiert geschrieben hast, dass dir Corinth das Gefühl gibt, rein gar nichts zu können«, meldete sich Elisabeth zu Wort und stellte die Schale mit dem Gebäck auf den Tisch. Gierig griff August zu und ließ sich die kleinen Makronen mit Mandeln und Haselnüssen schmecken, bevor er antwortete.

»Ja, es war furchtbar am Anfang. Immer hatte er etwas zu bemängeln. Nie war er zufrieden.«

»Und doch bist du so lange geblieben. Das zeugt von Durchhaltevermögen«, sagte Bernhard Koehler anerkennend und klopfte August auf die Schulter.

»Ich muss zugeben, es war hart. Aber nur durch eine harte Schule kann man etwas lernen oder nicht? Letztendlich bin ich Corinth dankbar, dass er so streng gewesen ist. Ich habe durch ihn gelernt, mein Werk bis zuletzt kritisch zu betrachten. Daraus sind meine bisher besten Arbeiten entstanden.«

»Mir haben deine Arbeiten immer sehr gefallen«, meinte Elisabeth und errötete. August war einfach zu kritisch mit sich selbst. Sie fand, dass er viel öfter stolz auf sich sein konnte.

»Danke, Elisabeth.« August lächelte ihr zu. »Und danke Ihnen, Herr Koehler. Sie waren mir eine wirklich treue und wertvolle Stütze in den vergangenen Monaten. Ohne Sie …«

Berhard Koehler fiel August ins Wort. »Und das habe ich gerne getan, August.« Er tätschelte seinem Zögling aufmunternd die Hand. »Wann immer du wieder in Berlin sein solltest, lass es mich wissen. Es gibt noch so vieles, was du nicht gesehen und erlebt hast.«

»Das kann ich mir kaum vorstellen!«, rief August und tat beinahe empört. »Wir haben doch so vieles unternommen. Wenn ich an die vielen Abende im Theater denke oder an die zahlreichen Restaurantbesuche, von denen ich bis heute zehre.« Er fasste sich an den Bauch, als wäre er plötzlich dick geworden, dabei war er ein schlanker junger Mann, sportlich und durchtrainiert, obwohl er selten wirklich Sport trieb, aber er war häufig zu Fuß unterwegs.

»Ja, das habe ich auch sehr genossen. Das *Fasan* hat übrigens kurz nach deiner Abreise die Pforten geschlossen. Es wird bis kommendes Jahr renoviert, ein herber Verlust.« Bernhard Koehler setzte eine gespielt betrübte Miene auf. Bei einer Stadt wie Berlin, in der sich ein exzellentes Restaurant an das nächste reihte, konnte man auf den einen oder anderen Gourmettempel für eine Weile verzichten.

»Nichtsdestotrotz sollten wir anstoßen«, rief Elisabeths Onkel und erhob sein Glas. »Auf ein langes und gesundes Leben!« Er hatte es sich nicht nehmen lassen, einen guten Rotwein zu trinken. Die anderen stimmten mit ein und prosteten sich mit heißem Tee zu.

Draußen war es kalt und windig geworden, und für die kommenden Tage war weiterer Schneefall angekündigt worden. Es würde also weiße Weihnachten geben.

Besorgt blickte Elisabeth zum Fenster.

»Hoffentlich kommt ihr auch wieder heim bei dem Wetter«, sagte sie an August und ihren Onkel gerichtet.

»Und wenn nicht, dann bleiben wir einfach noch ein paar Tage, nicht wahr, August?« Bernhard Koehler zwinkerte den beiden zu. »Ich für meinen Teil habe ein sehr bequemes Bett und einen komfortablen Service im Hotel. Da lässt es sich noch ein paar weitere Tage aushalten.«

August zögerte. Er blickte zu Sophie Gerhardt, Elisabeths Mutter, und ihrer Großmutter, die der lebendigen Unterhaltung aufmerksam gefolgt war, jedoch bisher wenig gesagt hatte.

»Wäre es in Ordnung für Sie, Frau Gerhardt, wenn ich …?«, begann er verlegen.

»Aber natürlich, August«, sagte sie mit sanfter Stimme und lächelte. »Es ist doch schön, wenn wir etwas Leben im Haus haben. Du bist ja wie ein Sohn für uns. Nicht wahr, Mutter?« Sie warf einen fragenden Blick zu Elisabeths Großmutter, die freudig nickte.

»Aber ja, August ist uns doch sehr ans Herz gewachsen«, murmelte sie nachdenklich. »Ich denke, es ist Zeit, Sophie.« Sie warf ihrer Tochter einen vielsagenden Blick zu.

Elisabeth verfolgte die ruhige Unterhaltung gebannt. Ihr Herz hatte wild angefangen zu pochen. Sollte das etwa heißen …? Konnte das wirklich sein?

Als ob ihre Mutter, ihre Gedanken hatte lesen können, wandte sie sich an sie und August.

»Ihr beiden seid nun schon so viele Jahre befreundet. Ihr habt jeglichen Widrigkeiten getrotzt. Habt euch trotz langer Phasen der Einsamkeit nicht voneinander entfernt. Du, lieber August, bringst uns so viel Freude ins Haus. Die Familie hat dich eng ins Herz geschlossen. Und du tust meiner Tochter gut. Elisabeth blüht auf neben dir. Es ist eine wahre Freude, euch gemeinsam zu erleben. Nun ist Carl Heinrich seit über einem Jahr tot. Ihr wisst, dass er eurer Verbindung kritisch gegenüberstand. Ich meine jedoch zu wissen, dass es nur die Sorge eines liebenden Vaters um seine einzige Tochter war, der Wunsch, sie gut behütet und finanziell abgesichert zu wissen. Aber er hat uns auch ein reiches Erbe hinterlassen, von dem wir lange zehren können. Darum lasst mich euch sagen …« Sie machte eine kurze Pause, räusperte sich und trank einen Schluck Tee, um ihre Stimme weicher klingen zu lassen. »… ich stehe eurer Zukunft nicht im Wege. Von mir habt ihr den Segen.«

Stille trat ein.

Elisabeth konnte nicht glaube, was sie gerade gehört hatte. Tatsächlich! Ihre Mutter hatte August und ihr soeben die Verlobung angeboten. Und das am Heiligen Abend. Was für ein Glück! Welch wunderschönes Geschenk!

Langsam drangen die Worte auch zu August durch. Ein Lächeln glitt über sein Gesicht. Schließlich sprang er auf und herzte Sophie Gerhardt innig.

»Was für ein schönes Geschenk!«, rief er und drehte sich zu Elisabeth um, so als wolle er sich vergewissern, dass sie dasselbe fühlte wie er.

Elisabeth war nun auch aufgesprungen und lief um den Tisch, um ihrer Mutter und ihrer Großmutter einen dankbaren Kuss auf die Wangen zu geben. Dann fasste sie August bei den Händen und sah ihm tief in die Augen.

Du bist mein Glück. Dich lasse ich nie wieder los, dachte sie, schloss die Augen und atmete ganz tief ein, so als könnte sie diesen Moment für ewig festhalten.

KAPITEL 13

Paris 1909

August, wach auf! August!« Elisabeth rüttelte ihren Mann wach, der sich neben ihr unter der gemeinsamen Bettdecke eingerollt hatte. Das war eine typische Eigenheit der Franzosen, die durchgehende Zudecke, die man sich als Eheleute nun einmal teilte. Nicht von ungefähr kam wohl das Sprichwort *unter einer Decke stecken*. Allerdings war das momentan alles andere als wichtig. Wieder rüttelte sie August. Dieses Mal etwas fester, damit er endlich aufwachte. Es tat ihr leid, ihn wecken zu müssen. Die Reise von Bonn über Frankfurt und Bern nach Paris war beschwerlich gewesen. Nicht zuletzt, weil der Zug, den sie am Mittag am Berner Hauptbahnhof bestiegen hatten, überfüllt gewesen war. Zudem hatten sie eines der schlechtesten Abteile erwischt. Alt und dreckig und zu allem Überfluss über einer Achse gelegen, die nicht mehr heil war, so dass es zugegangen war wie auf hoher See. Elisabeth war vollkommen entkräftet gewesen, als sie endlich den Bahnhof St. Lazare erreicht hatten. Es war immer ihr Traum gewesen, die Hochzeitsreise gemeinsam mit August in Paris zu verbringen. Über die Umstände hatte sie sich aber andere Vorstellungen gemacht. Nun war sie allerdings auch nicht mehr ganz allein. Seit fast vier Monaten trug sie ein kleines Geheimnis mit sich herum, das täglich wuchs und gedieh. Neben August hatte sie nur ihre Mutter, ihren Bruder Walter und ihre beste Freundin Emma eingeweiht. Denn die Schwangerschaft hatte bereits vor der Hochzeit begonnen. Um genau zu sein, war die Hochzeit auf den Oktober vorgezogen worden. Eigentlich hatten sie erst im kommenden Jahr heiraten wollen. Aber ihre Mutter war bei der Nachricht über den ungeplanten Nachwuchs so sehr aus allen Wolken gefallen, dass sie die Feierlichkeiten kurzerhand vorverlegt hatte.

August und Elisabeth waren frei in ihrer Denkweise und hätten gerne noch etwas mit der Trauung gewartet. Aber ihre Mutter war noch vom alten Schlag. Und der Rest der Familie stand ihr in dieser Hinsicht in nichts nach. Alles hatte ganz konform und der Reihe nach zu verlaufen. Das erste Rendezvous unter Aufsicht der Familien, eine anständige Zeit der Verlobung bis zur angemessenen Hochzeitsfeier, die natürlich kirchlich begangen werden musste, gefolgt von einer Anstandszeit von zehn bis zwölf Monaten, nach denen der erste Nachwuchs das Licht der Welt erblicken durfte. So lief es seit Jahrhunderten ab, und so sollte es auch weiterhin ablaufen. Elisabeth und August hatten sich ohne Widerstand gefügt. Es war schließlich Sophie Gerhardt, die ihnen das Leben finanzierte und August großzügig in die Familie aufgenommen hatte, obwohl er als Maler noch nicht viel verdiente und ihrer Tochter eigentlich kein finanziell abgesichertes Leben bieten konnte.

Die Hochzeitsfeier war ganz ruhig verlaufen. Nur die engsten Verwandten waren angereist, und nach der kirchlichen Trauung hatte es noch ein kleines Menü gegeben, bevor Elisabeth und August am Abend den Zug nach Frankfurt genommen hatten. Sie waren froh gewesen, den Feierlichkeiten endlich entfliehen und in ihre neu gewonnene Zweisamkeit aufbrechen zu können. Für Elisabeth hatte sich der Moment, als der Zug aus dem Bahnhof gerollt war, angefühlt, als wäre sie endlich in ihrem eigenen Traum angekommen. Glücklich hatte sie August die Hand gedrückt, ihn angestrahlt und seine Finger dann sanft über ihren Bauch streichen lassen, der sich langsam zu wölben begann. Ein seltsames Gefühl, mit dem sie erst noch zurechtkommen musste.

Die Zugreise nach Frankfurt war problemlos verlaufen, und auch die darauffolgenden Reisen waren sehr komfortabel gewesen. Aber die Fahrt nach Paris hatte Elisabeth dann doch sehr angestrengt. Am Abend waren sie beide völlig übermüdet in die Kissen der kleinen Pension gesunken, die August noch von seinem ersten Aufenthalt in Paris zwei Jahr zuvor kannte.

Wären die Umstände nun nicht so dramatisch gewesen, hätte sie ihren Liebsten schlafen lassen. Noch einmal rüttelte sie ihn.

»August, bitte wach auf!«

»Was ist denn, Lisbeth?« August blinzelte verschlafen in den hellen Schein der kleinen Nachttischlampe und rieb sich die müden, roten Augen.

»Sieh nur!« Elisabeth hatte die Decke zur Seite geschlagen und deutete auf das Laken unter ihnen.

Sie sah, wie August sich aufrappelte, noch einmal seine Augen rieb und dann in seiner Bewegung erstarrte, so als hätte ihn jemand eingefroren. Sekundenlang bewegte er sich keinen Millimeter. Es herrschte absolute Stille. Mit einem Mal sprang er aus dem Bett, hastete zum Schrank und riss seine Hose und sein Hemd heraus.

»Ich hole einen Arzt!«, rief er etwas zu laut für diese nachtschlafende Zeit. »Lisbeth, ich hole einen Arzt! Alles wird gut. Mach dir keine Sorgen. Dem Kind wird nichts passieren. Alles wird gut!«

Ohne ihr noch einen Abschiedskuss zu geben, was er für gewöhnlich immer tat, stürmte er aus dem kleinen Zimmer hinaus auf den dunklen Flur. Elisabeth hörte seine stolpernden Schritte und das lauten Krachen der Pensionstür. Danach war es erneut still. Müde und traurig ließ sie sich zurück auf das Laken sinken. Sie hatte keine Kraft, aufzustehen, sich Tücher zu holen oder etwas zu trinken einzuschenken. So es das Schicksal gut mit ihr meinte, würde August bald mit einem Arzt zurückkehren, der ihr helfen und das ungeborene Kind retten konnte. Sie sandte ein Stoßgebet zum Himmel, bevor sie in einen unruhigen Dämmerschlaf fiel, vor ihrem inneren Auge die große Blutlache sehend, die sich unter ihr ausgebreitet hatte.

KAPITEL 14

Paris 1909

August blickte prüfend in den Spiegel. Er musterte sich, strich eine Haarsträhne aus der Stirn und rückte den braunen Filzhut mit der breiten Krempe zurecht. Etwas weiter runter in die Stirn. Ja, so war es gut. Er schaute zur Seite. Nein, lieber nur ganz leicht. Ein Brustbildnis in Dreiviertelansicht schwebte ihm vor. Mit schnellen Strichen begann er, sein Spiegelbild auf die kleine Holztafel zu zeichnen, die vor ihm auf einer Staffelei stand. Grob umriss er seine Silhouette, skizzierte die Kleidung, Anzugjacke, Hemdkragen, Krawatte, Filzhut. Bei der Ausarbeitung seiner Gesichtszüge nahm er sich etwas mehr Zeit. Immer wieder trat er einen Schritt von der Holztafel zurück und verglich sein Konterfei im Spiegel mit dem Gesicht, das er gezeichnet hatte. Es dauerte eine Weile, bis er zufrieden war. Die eigentliche Gestaltung und Ausarbeitung würde ohnehin erst der Farbauftrag mit sich bringen. Flink setzte er ein paar Tupfen Ölfarbe auf seine Palette. Zartes Beige und Ockergelb, ein kräftiges erdiges Braun, ergänzt von schreiendem Rotorange.

Bevor er den Pinsel in die Ölfarben tauchte, zögerte er kurz. Sollte er es wagen? Bisher hatte er sich noch stark an die konventionellen Methoden der Malerei gehalten aus Angst, einen Fehler zu machen. Er überlegte. Die Impressionisten, allen voran Cézanne hatten ihn inspiriert. Er wollte sich auch endlich von der üblichen Malweise lösen und freier werden. Hier in Paris spürte er den Drang nach Freiheit mehr als irgendwo sonst. Er dachte an die flächigen kantigen Strukturen in Cézannes Bildern. Ein Häuserdach folgte dem anderen, deutlich abgegrenzt durch den breiten Farbauftrag, jede Fläche eine Farbe. Und auch die Stillleben waren so klar und rein gewesen.

Seine Hand zitterte leicht. Wann, wenn nicht jetzt?, dachte er.

Er hatte schließlich nichts zu verlieren. Außer dieser kleinen Holztafel und einiger Tropfen Farbe vielleicht. Aber das wäre zu verschmerzen. Das einzig Wichtige auf der Welt war ihm ohnehin nur Lisbeth.

Als er sie am Morgen hatte daliegen sehen, auf dem vom Blut durchtränkten weißen Bettlaken, war ihm schlagartig klar geworden, dass er sie um nichts in der Welt verlieren wollte. So schnell er konnte, hatte er sich angezogen und war hinausgerannt. Unterwegs war ihm eingefallen, dass er ihr nicht einmal mehr einen Abschiedskuss gegeben hatte. Kurz wollte er umdrehen, doch die Zeit war knapp gewesen. Jede Sekunde zählte. In seiner Not und weil in diesen frühen Morgenstunden noch niemand auf den dunklen Straßen der Stadt unterwegs gewesen war, war er ohne Umwege zu dem Krankenhaus gerannt, das er bei ihrer Ankunft im Vorbeifahren gesehen hatte. Auch seinen Freund Louis Moilliet, der sie seit ihrer kurzen Stippvisite bei Frau Oberst Moilliet in Bern begleitete, wollte er nicht in aller Herrgottsfrühe aus dem Bett holen. Es wäre ohnehin zu viel Zeit verloren gegangen, ehe er dem schlaftrunkenen jungen Mann die Situation erklärt hätte.

Eine müde Nachtschwester empfing ihn am Krankenhauseingang. August war überrascht gewesen, dass ihm die Worte auf Französisch plötzlich so flüssig über die Lippen gekommen waren. Wahrscheinlich dachte er sonst viel zu viel nach.

»Ein Notfall, Mademoiselle! Vite, vite. Bitte verständigen Sie den Chefarzt. Wir brauchen den besten Mann!« Auf ihr kurzes Zögern hin hatte er die Hände vor der Brust zusammengeschlagen und eine Geste wie zum Gebet gemacht.

»Bitte, Mademoiselle! Wir dürfen keine Zeit verlieren! Meine Frau, das Kind …« Irgendwann waren ihm die Worte ausgegangen, aber da hatte sich die junge Frau auch schon in Bewegung gesetzt. Einige Minuten später kehrte sie zurück.

»Hören Sie, Monsieur, ein Arzt wird gleich zu Ihnen kommen. Bitte geben Sie mir Ihre Adresse.«

August notierte hastig den Namen der kleinen Pension und die Straße. Eine Hausnummer wusste er nicht, aber das Hotel sagte der Dame etwas, und er beließ es bei den groben Angaben. Angespannt und hoffnungsvoll zugleich machte er sich auf den Rückweg. Lisbeth sollte nicht zu lange allein sein.

Erst nach einer Stunde war der Arzt endlich gekommen. Vor lauter Sorge hatte August kaum ein Wort herausbringen können. Aufgeregt begleitete er den hochgewachsenen jungen Mann, der sich mit »Dr. Lequeux, *chef de clinique*« vorgestellt hatte, vom Entrée der Pension ins Hotelzimmer, wo Elisabeth immer noch in einer Art Dämmerzustand im Bett lag, unfähig, sich zu bewegen, geschweige denn, zu sprechen. Ihr Gesicht war kreidebleich, und auf ihrer Stirn zeichneten sich kleine Schweißperlen ab.

»Wird sie es schaffen, Dr. Lequeux?«, fragte August mit zitternder Stimme. Er, der sonst immer so voller positiver Energie und Lebensfreude war, hatte Angst. Unglaubliche Angst. *Nicht meine Lisbeth! Nicht unser Kind!*, dachte er wieder und wieder und ballte seine Hände zu Fäusten, während er angespannt auf das Urteil des Arztes wartete.

Wenn Elisabeth es nicht schaffen würde, wenn sie das Kind verlieren würde, und schlimmer noch, wenn sie sterben würde, was sollte er dann tun? Wie könnte er dann weiterleben? Weitermalen? Nein! Daran wollte er nicht denken. Zu groß war der Schmerz. Er kämpfte gegen den Kloß, der in seinem Hals aufstieg, und schaute den Arzt mit großen Augen an.

»Wird sie es schaffen, Doktor?«

Dr. Lequeux hatte seine weißen Handschuhe abgestreift und zusammen mit ein paar Utensilien zur Untersuchung zurück in seinen dunkelbraunen Lederkoffer gelegt.

»Monsieur …« Der Arzt zögerte.

»Macke – August Macke aus Bonn in Deutschland«, sagte August hastig und streckte ihm die Hand entgegen.

»Monsieur Macké«, setzte Dr. Lequeux erneut an. »Ihre Frau braucht jetzt viel Ruhe. Sie wird es schaffen, da bin ich mir sicher. Und auch dem Kind geht es den Umständen entsprechend gut. Eine solche Zwischenblutung kann nach starken Strapazen durchaus auftreten. Keine Seltenheit. Und doch muss Madame nun besonders achtsam mit sich sein. Ich würde sie lieber für einige Tage mit in meine Klinik nehmen. Dort haben wir die besten Versorgungsmöglichkeiten. Ärzte und Schwestern, die sich um sie kümmern können. Und auch ich kann täglich nach ihr sehen. Ich bin mit dem Wagen hier und könnte sie sofort mitnehmen, wenn Sie einverstanden sind.« Er sah August fragend an. Seine braunen Augen leuchteten warm und freundlich.

August hatte keine Sekunde gezögert. Dankbar und voller Hoffnung stimmte er dem Vorschlag des Arztes zu. Eilig packte er ein paar von Elisabeths Kleidern und persönlichen Gegenständen in eine kleine Tasche. Elisabeth hatte sich mittlerweile mühsam aufgerappelt und einen Morgenmantel über das Nachtkleid gezogen. Dazu eine lange Unterhose von August und dicke wärmende Socken, die ihr die Großmutter gestrickt hatte. Auch wenn ihre Augen sehr müde aussahen, lag doch ein Schimmer Hoffnung in ihnen.

August drehte sich zu ihr um. Ihre Blicke trafen sich, und es bedurfte keiner weiteren Worte, um zu wissen, dass sie sich einig waren.

August seufzte. Nun, da Elisabeth bei den besten Ärzten in Behandlung und gut versorgt war, konnte er sich voll und ganz auf seine Arbeit konzentrieren. Der Arzt hatte darum gebeten, der jungen Frau einige Tage absolute Ruhe zu gönnen und von einem Besuch abzusehen. Nach drei Tagen, so seine Worte, könne man sie langsam wieder an Gesellschaft gewöhnen.

Mutig setzte er den Pinsel an. Immer wieder tupfte er mit der Spitze in die glänzenden Farben auf seiner Palette.

Erst behutsam, dann immer schwungvoller. In großen Gesten ließ er die Farbe auf die Leinwand gleiten, formte mit dunklen Kontrasten Rundungen und Kanten. Stück für Stück arbeitete er sich vorwärts. Vertieft in ein Meer aus Ocker und Orange.

Wenn er malte, vergaß er Zeit und Raum, so sehr nahm ihn seine Arbeit gefangen. Er lebte dann in seiner eigenen Welt. Das Objekt immer vor Augen, aber den Blick nach innen gerichtet, um herauszubringen, was in ihm war. Wie im Rausch fühlte es sich an, wenn er erst einmal seinen Pinsel ausgepackt und die Farbtuben geöffnet hatte. Dann konnte um ihn herum ein Unwetter losgehen, und er hätte es vermutlich nicht mitbekommen.

Auch dieses Mal war er so vertieft in sein Werk, dass er Louis Moilliet erst wahrnahm, als dieser direkt hinter ihm stand.

»August, bist du plötzlich schwerhörig geworden?« Zwei strahlend blaue Augen funkelten ihn über seine Schulter hinweg durch den Spiegel an.

Erschrocken drehte sich August um. »Louis, hast du mich erschreckt! Stehst du da schon lange?«

»Na, vor deiner Zimmertür bestimmt schon eine geschlagene Viertelstunde. Hast du Zeit? Ich will dir jemanden vorstellen.«

August schaute verwundert auf. »Einen Maler?«

Louis nickte und drehte sich um. »Komm! Er erwartet

uns zum Tee. Seine Frau macht übrigens den besten Apfelkuchen, den ich je gegessen habe. Und das will was heißen. Du kennst ja den herrlich saftigen Kuchen meiner Mutter, der auch schon preisverdächtig ist. Aber der von Mathilde ist der Wahnsinn. Den musst du probieren!« Er lief über den langen Flur und polterte die Stufen hinunter.

August kam kaum hinterher. Er hatte alles stehen und liegen gelassen, sich rasch seine Krawatte zurechtgerückt und war seinem Freund gefolgt. Fieberhaft überlegte er, wer dieser mysteriöse Maler wohl sein mochte.

Es war nur ein kurzer Fußmarsch von ungefähr zehn Minuten. An einem kleinen Park entlang, über die Rue de Boissonade, die direkt an den Mauern des Cimetière du Montparnasse entlangführte, hin zur Rue Boulard. Vor einem kleinen Atelierhäuschen mit der Nummer zwanzig blieb Louis stehen.

»Et voilà, da sind wir schon!«, rief er und grinste August an.

Auf Louis' Klopfen hin ertönten eilige Schritte aus dem Inneren des ganz in Weiß gehaltenen und von prächtigen roten Rosen gesäumten Hauses. Die Tür wurde aufgerissen, und vor ihnen stand ein großer junger Mann mit hoher Stirn und dunklem Schnauzer.

»Bonjour, Louis!«, rief er und breitete die Arme aus, um seinen Malerfreund willkommen zu heißen. Im Hintergrund tauchte eine stämmige junge Frau auf, das blonde Haar hatte sie locker zu einem Dutt auf dem Kopf zusammengebunden. Ihre Wangen glühten vor Freude, als sie Louis sah, und sie kam ebenfalls an die Tür geeilt. Hinter ihr drängte sich ein kleiner Junge von ungefähr fünf Jahren durch die Beine des Mannes und schaute die Besucher mit großen neugierigen Augen an.

»Ciao, Louis! Griaß di«, rief die Frau in breitem Wienerisch und herzte Louis zur Begrüßung. Aus dem Inneren des Häuschens drang ein verführerischer Duft nach warmem Apfelkuchen mit Zimt.

»Hm, wie das wieder duftet bei euch!« Louis erwiderte die herzliche Begrüßung der beiden. Dem kleinen Jungen strich er liebevoll über die Wange. »Was bist du groß geworden, Carlino!«

Der Junge drehte sich zu seiner Mutter um und schaute sie fragend an.

»Das ist der Louis, mein Junge. Ein Freund vom Papa. Er war doch letztes Jahr bei uns in Rom. Kannst du dich denn nicht erinnern?«

»Ach, Mathilde, in dem Alter, da sind die Erwachsenen doch uninteressant«, scherzte Louis und schaute dann alle drei an. »Wie ich sehe, bekommt euch der stetige Wechsel zwischen Rom und Paris sehr gut.«

»Und Karls Werk erst«, flötete Mathilde. »Du musst dir unbedingt die neuesten Zeichnungen anschauen. Komm herein!«

In der Aufregung und Freude über das lang ersehnte Wiedersehen hatten alle übersehen, dass noch jemand hinter Louis stand. Er drehte sich nun herum und gab den Blick auf August frei, der sich vorerst im Hintergrund gehalten hatte.

»Das ist übrigens August Macke, von dem ich euch schon so viel berichtet habe«, sagte Louis mit feierlicher Miene.

»Sehr erfreut«, entgegnete der hochgewachsene Mann und streckte August die Hand entgegen. »Ich bin Karl Hofer, und das sind meine Frau Mathilde und unser Sohn Karl Arnold.«

»Aber ich heiße lieber Carlino«, krähte der Kleine und rannte davon.

»Oh, jetzt müssen wir schnell sein«, rief Mathilde lachend und schüttelte August hastig die Hand, bevor sie hinter ihrem Sohn herlief. »Er liebt nämlich Apfelkuchen, und wenn wir nicht aufpassen, hat er alles verputzt, bevor wir überhaupt in der Stube sind!«

Louis lachte und folgte Karl in das Wohnzimmer, wo ein reich gedeckter Tisch mit Kaffee und Kuchen auf die Gäste wartete. Eilig stellte Mathilde noch ein Gedeck dazu und bat August, Platz zu nehmen.

Das war also der berühmte Karl Hofer. August war noch ganz benommen von der Überraschung, die ihm Louis damit bereitet hatte. Er hatte schon so viel von ihm gehört, viele seiner Werke gesehen und hatte die Parallelen zu Cézanne entdeckt, die ihm besonders gut gefielen. Im Vergleich zu den Impressionisten war Hofers Farbpalette zwar etwas dunkler und schwerer, ja erdig, um genau zu sein. Doch der Ansatz war der gleiche. August ertappte sich dabei, dass er an sein Selbstporträt dachte, das er so plötzlich hatte verlassen müssen. Hatte er nicht gerade selbst die erdigen Töne gewählt, um sich in Öl zu verewigen?

Es lag wohl den deutschen Malern im Blut, nicht nach dem Himmel zu streben, wie es die Franzosen mit ihrer luftig leichten Farbpalette taten, sondern eher am Boden der Tatsachen verhaftend die erdigen Nuancen zu wählen.

Es wurde ein wunderschöner Nachmittag. Karl Hofer zeigte August seine Werke, und sie fachsimpelten eine ganze Weile über die Impressionisten und ihre Bewunderung für Cézanne, bevor Mathilde ihnen zum Abschied noch ein paar Schinkenbrote mitgab.

Glücklich und beschwingt verließ August zusammen mit Louis das Haus und genoss mit ihm unter einem Baum im Jardin du Luxembourg, unweit der kleinen Pension, ein frühes Abendbrot. Als die Sonne sich anschickte, langsam hinter den Dächern von Paris zu versinken und den Himmel in ein zartes Rosarot tauchte, schlenderten sie satt und zufrieden zurück zu ihrem Hotel. Auch wenn Elisabeth im Krankenhaus war, so würde August doch nicht allein sein müssen während der nächsten Tage. Und eine große Aufgabe erwartete ihn noch. Er hatte sich vorgenommen, Elisabeth das Selbstporträt zu schenken, sobald sie aus dem Krankenhaus entlassen wurde. Es gab also keine Zeit zu verlieren. Inspiriert von den Werken Hofers und den lebendigen Gesprächen an diesem Nachmittag machte er sich daran, sein Werk zu vollenden.

KAPITEL 15

1909 / 1910 Tegernsee

Komm, das musst du dir ansehen!«, rief Elisabeth aufgeregt und griff nach Augusts Hand. Eilig zog sie ihn hinter sich her, vorbei an gackernden Hühnern entlang einer kleinen grünen Wiese, unter hohen Bäumen hindurch und über die Dorfstraße bis hinunter an den See. Sie bahnte sich einen Weg durch das dichte Schilf, das das Ufer ringsherum schmückte, und führte August zu einem schmalen Holzsteg, der ein ganzes Stück weit hinaus aufs Wasser führte. Begeistert blieb sie stehen und drehte sich zu ihm um. Sie war ganz außer Atem und strich sich über ihren Bauch, der von Tag zu Tag größer wurde, so als wolle sie sich bei ihrem ungeborenen Kind für die Anstrengung entschuldigen, die sie sich und ihrem Körper zugemutet hatte.

Auch August legte seine Hand vorsichtig auf ihren Bauch.

»Ist alles in Ordnung?«, fragte er besorgt. »Du sollst dich doch nicht mehr so anstrengen. Denk bitte daran, was Dr. Lequeux gesagt hat.«

»Du hast ja recht. Ich muss mehr auf mich aufpassen«, meinte sie beruhigend und gab ihm einen Kuss auf die Lippen. Sie schmeckten ein wenig nach Kaffee und waren warm und weich, obwohl es mittlerweile bitterkalt geworden war. Fröstelnd zog sie ihren Mantel enger und löste sich von August, um sich wieder dem See zuzuwenden.

»Sieht das nicht schön aus?«, fragte sie verzückt und warf August über ihre Schulter hinweg ein strahlendes Lächeln zu.

»Ja, in der Tat, das ist wunderschön.« August trat an sie heran und schlang seine Arme von hinten um ihren Körper. Sofort strömte seine Wärme zu ihr herüber und ließ sie ruhiger werden. Solange August bei ihr war, konnte ihr und dem Baby nichts passieren, da war sie sich sicher.

»Schau nur, wie schön das Wasser glitzert in der Sonne. Wie Diamanten«, flüsterte sie.

August gab ihr einen Kuss auf die Wange. »Der Anblick ist wirklich wunderschön. Aber nicht so schön wie du.« Er lächelte sie liebevoll an.

»Du Charmeur«, erwiderte sie verlegen und kicherte. »Wie gut, dass Willi Schmidtbonn bei der freien Wohnung gleich an uns gedacht hat. In Paris hätten wir sicherlich noch immer gesucht.«

»Oder wären mittlerweile obdachlos. So teuer wie diese Stadt ist.«

»Daran bin ja eigentlich ich schuld«, meinte Elisabeth. »Hätte ich nicht die Zwischenblutung gehabt und zwei Wochen in der teuren Privatklinik von Dr. Lequeux gelegen, dann …«

August ließ sie nicht ausreden. »Hätte, hätte … Wie sagt man in Köln so schön? *Et kütt wie et kütt* – es kommt, wie es kommt. Das hatte sicher alles seinen Sinn und Zweck, Elisabeth. Hauptsache, du bist wieder gesund, und dem Kind geht es gut. Geld ist nicht alles auf der Welt. Und schau, wo uns der Weg hingeführt hat. Wenn ich es nicht besser wüsste, ich würde sagen, es ist das Paradies auf Erden.« Er ließ seinen Blick über das hellblaue Wasser gleiten und atmete tief durch. »Und die Luft! So klar und rein. Und hörst du?« Er hielt sich eine Hand hinter das Ohr und blickte Elisabeth fragend an.

»Nein, was?«

»Eben. Nichts! Ist das nicht phantastisch? Diese Stille! Das ist doch eine wahre Wohltat nach dem Geschrei und Geratter in der Stadt. Ich glaube, wir werden hier sehr glücklich sein.«

Er schloss seine Arme noch fester um Elisabeth und wiegte sich leicht vom einen aufs andere Bein. Dazu stimmte er summend eine Sonate von Bach an, die er besonders gerne hörte.

»Unsere erste gemeinsame Bleibe.« Sein Blick ging versonnen in die Ferne. In seinen glänzenden Augen spiegelte sich das Licht der langsam untergehenden Sonne.

»Ja«, hauchte Elisabeth ergriffen. Genau das hatte sie auch gerade gedacht. Auch wenn es in Paris unterhaltsam und kurzweilig gewesen war mit Louis und den Hofers. Lange hätte das Geld nicht mehr gereicht. Oder sie hätten ihre Ansprüche deutlich herunterschrauben müssen. Und dazu waren sie beide nicht bereit gewesen. Mehrere Wohnungen hatten sie sich angesehen. Entweder waren sie unerschwinglich teuer gewesen, oder es hatte am nötigsten gefehlt, und sie waren dunkel, muffig und feucht gewesen. Sie war froh, dass August einen so guten Freund wie Willi Schmidtbonn hatte, der in Tegernsee ein kleines Haus besaß, wo gerade eine Wohnung frei geworden war. Er hatte sie sofort angemietet, ohne zu zögern, und den beiden einen Brief geschrieben, sie sollten sich gefälligst schleunigst und auf direktem Wege zu ihm begeben, in Tegernsee sei es himmlisch.

Elisabeth und August hatten sich das nicht zweimal sagen lassen. Nach der wilden Zeit in der Stadt war ihnen durchaus wieder nach Ruhe und Muße zumute. Und sie mussten Schmidtbonn recht geben; am Tegernsee war es wirklich wie in einem Traum. Ruhig, beschaulich, gepflegt und von außerordentlicher Schönheit, die den Augen und der Seele gut tat.

Hier würde ihr erstes gemeinsames Kind zur Welt kommen.

»Ich glaube, hier sind wir richtig«, flüsterte sie.

Elisabeth ließ sich auf das Sofa fallen und versuchte, eine einigermaßen bequeme Position zu finden. Mittlerweile war sie im siebten Monat schwanger, und die alltäglichen Bewegungen wurden immer anstrengender. Augusts Cousin Helmuth brachte ihr ein Glas Wasser. Er war vor einigen Wochen mit dem Zug aus Bonn angereist, nachdem August ihm Tegernsee als den perfekten Ort für einen Maler beschrieben hatte. Und tatsächlich, August war seit ihrer Ankunft im vergangenen Herbst in einen wahren Schaffensrausch verfallen. In seinem Atelier stapelten sich die Bilder. Kleine Formate, auf denen er Elisabeth in allen erdenklichen Alltagssituationen porträtiert hatte, mal auf dem Sofa sitzend und lesend, mal beim Sticken oder Nähen oder einfach nur schlafend. Daneben standen großformatige Leinwände, die in den schönsten Farben leuchteten. Saftige grüne Hügel führten hinab zu einem klaren blauen Gebirgssee. Darauf einige kleine Boote, deren weiße Segel in der gleißend hellen Sonne glänzten. Im Hintergrund ragten massive Berge empor, die Spitzen bedeckt von bläulich schimmerndem Schnee. Man spürte förmlich die eisige klare Bergluft, wenn man die Bilder betrachtete.

Auch Helmuth war begeistert gewesen, als er die Arbeiten zum ersten Mal gesehen hatte.

»August, da hast du aber etwas ganz besonders Feines geschaffen!«, hatte er gerufen und sich jedes Werk genau angesehen. Auch er hegte künstlerische Ambitionen und war immer dankbar dafür, wenn August ihm Tipps gab und er wieder etwas Neues lernen konnte. Gemeinsam waren die beiden in den vergangenen Wochen viel draußen gewesen, und August hatte ihm die schönsten Stellen gezeigt, an denen es sich ungestört arbeiten ließ und von wo aus man einen besonders guten Blick auf den See, die umliegenden Häuser und die Berge im Hintergrund hatte.

»Danke, Helmuth«, sagte Elisabeth und leerte das Wasserglas in einem Zug. Sie waren zusammen einkaufen gewesen. Langsam stieß Elisabeth an ihre körperlichen Grenzen. Sie war froh, dass Helmuth ihr im Haushalt zur Hand ging. Denn August machte sich in letzter Zeit rar und war fast die ganze Zeit über in seinem Atelier.

»Brauchst du noch etwas?«, fragte Helmuth besorgt.

Den Männern behagte Elisabeths Zustand nicht besonders. Für sie war es ebenso mysteriös wie faszinierend, dass da in einem von Woche zu Woche größer werdenden Bauch ein kleines Lebewesen heranreifte. Und doch kümmerten sie sich beide rührend um Elisabeth. Wenn ihr kalt war, brachten sie Tee und Decken; wenn sie lesen wollte, wurde das Licht so eingestellt, dass sie nichts weiter tun musste, als das Buch aufzuschlagen und in eine andere Welt abzutauchen. Das hatte sie schon als Kind sehr geliebt. Und gerade jetzt, wo sie so manches Mal die Gedanken an ein Leben mit Kind ängstigten und sie Gefahr lief, in ein unbefriedigendes Grübeln zu verfallen, griff sie sich eines ihrer Bücher und ließ sich für kurze Zeit in eine andere Welt entführen.

August kam in die Stube und setzte sich zu Helmuth auf die Armlehne des großen roten Ohrensessels.

»Na, habt ihr wieder etwas Leckeres eingekauft?«, fragte er und grinste.

»O ja!« Helmuth lachte. »Viel frisches Gemüse und gutes Fleisch vom Bauern. Elisabeth will uns heute Mittag einen deftigen Eintopf kochen.« Seine Augen leuchteten.

»Hervorragend, mein Magen knurrt nämlich schon jetzt gewaltig.« August strahlte.

»Ich mache mich gleich an die Arbeit«, sagte Elisabeth. »Ich muss nur noch ein wenig ausruhen.«

»Lass dir Zeit, Lisbeth. Wir gehen noch einmal hoch ins Atelier. Bei der Arbeit spürt man den Hunger nicht so sehr, nicht, wahr, Helmuth?«

Helmuth nickte und folgte August die Treppe hinauf in das Atelier.

Eine Stunde später saßen sie alle vor einem köstlich duftenden Hühnereintopf. Elisabeth hatte ein altes Rezept ihrer Großmutter ausprobiert, bei dem sie das halbe Huhn zusammen mit dem Gemüse hatte schmoren lassen. Das Ergebnis war ein herrlich intensives, wohltuendes und wärmendes Gericht, das sie alle mit neuer Energie versorgen würde.

Außerdem erinnerte es sie an zu Hause. Denn auch wenn es in Tegernsee wunderschön war und sie zum ersten Mal das Gefühl hatte, angekommen zu sein, vermisste sie ihre Mutter und Großmutter in Bonn sehr. Die beiden hatten es noch nicht geschafft, sie zu besuchen, wollten aber spätestens einen Monat vor dem voraussichtlichen Geburtstermin anreisen, um Elisabeth in den letzten Wochen zu unterstützen.

»Hättest du nachher etwas Zeit für mich?«, fragte August plötzlich und riss Elisabeth aus ihren Gedanken.

»Ja, sicher, worum geht es?«

»Ich habe eine Idee für ein neues Bild und möchte etwas ausprobieren. Helmuth hat mir schon bei der Vorbereitung geholfen.«

»Na, das klingt spannend«, meinte Elisabeth. »Wieder ein Porträt?«

»Ja.« August hielt sich bedeckt.

»Hauptsache, ich muss nicht stehen.«

»Keine Sorge, dafür haben wir gesorgt«, meinte Helmuth und zwinkerte ihr zu.

»Jetzt bin ich neugierig.«

»Wart's ab.« August schaute sie an. »Ich muss noch ein paar Sachen erledigen und hole dich dann nachher, wenn ich fertig bin, ja?«

»Und ich helfe Elisabeth so lange beim Abwaschen«, sagte Helmuth. Er krempelte sich die Hemdsärmel hoch und machte sich daran, den Tisch abzuräumen.

»Er ist wirklich goldig«, raunte Elisabeth August zu, als Helmuth in der Küche war.

»Ja, er ist großartig. Und ein wirklich guter Maler. Ich glaube, er konnte sich schon viel von mir abschauen. Du kannst dir nachher ein paar seiner neuesten Bilder ansehen. Die sind gar nicht mal schlecht.«

»Oh, da bin ich gespannt. Aber kommst du denn auch auf deine Kosten, August? Kannst du auch etwas von ihm lernen?«

»Ja, tatsächlich. Er hat mir gerade vorhin erst von einer Ausstellung in München erzählt, die ich mir unbedingt anschauen soll.«

»Und? Fährst du hin?«

»Unbedingt! Wir wollten nächste Woche hinfahren, wenn das für dich in Ordnung ist. Wenn deine Mutter da ist, können wir dich ja guten Gewissens ein paar Stunden allein lassen, oder?«

»Ja, das ist kein Problem. Von wem ist die Ausstellung denn?«

»Der Künstler heißt wohl Franz Marc. Kunsthändler Brakl hat zurzeit ziemlich viele Lithographien von ihm. Helmuth meint, die seien richtig gut. Er soll vor allem Tiere malen. Aber irgendwie … anders.«

»Anders?« Elisabeth hob die Augenbrauen.

August zuckte mit den Schultern. »Helmuth meinte, die seien einfach anders. Man müsse es selbst sehen, um es zu verstehen.«

»Na, das klingt spannend«, erwiderte Elisabeth und gähnte.

August lachte. »Na, so spannend nun auch wieder nicht, was?«

»Ach, ich bin nur etwas müde«, meinte sie verlegen. Seit einigen Wochen brauchte sie noch mehr Schlaf als sonst. »Ich lege mich noch etwas hin, bevor du mich abholst.«

August stand auf und gab Elisabeth einen Kuss auf die Stirn. Dann eilte er ins Atelier.

Elisabeth sah ihm nach. Sie liebte es, wenn er so voller Ideen und Tatendrang war. Und das Schönste war für sie, dass sie Teil seines Werkes sein konnte. Mit jedem Porträt, das er von ihr schuf, fühlte sie sich vollkommener in ihrer Rolle als Ehefrau und zukünftige Mutter ihres gemeinsamen Kindes. Es war fast so, als würde das unsichtbare

Band, das seit ihrer allerersten Begegnung zwischen ihnen bestand, mit jedem Pinselstrich enger geknüpft.

»Noch ein Stück tiefer.« August kam hinter seiner Leinwand hervor.

»So?« Elisabeth blickte ihn fragend an.

»Ja, perfekt. Kannst du einen Moment so aushalten? Ich will das nur schnell skizzieren. Dann kannst du dich wieder hinsetzen.«

Elisabeth hörte, wie August den Bleistift mit raschen Strichen über die Leinwand gleiten ließ. Sein Blick war konzentriert. Elisabeth bewunderte sein Talent, alles, was er sah, einfangen zu können.

»Brauchst du noch lange?«, fragte sie nach einer Weile vorsichtig. Sie wollte August so wenig wie möglich ablenken. Doch wenn er malte, vergaß er alles um sich herum. Und jetzt, da die Schwangerschaft schon fortgeschritten war, war sie einfach nicht mehr so belastbar.

»Bin gleich fertig«, murmelte August abwesend und griff zu seinem Kohlestift.

Sie hörte das leise Kratzen, während er schraffierte.

Endlich blickte er auf.

»So fertig. Vorerst. Die Farben kann ich ja auch auftragen, wenn du sitzt.«

Er eilte auf sie zu und hievte einen kleinen Stuhl auf das Podest, auf dem Elisabeth stand. Das war es also gewesen, was er den ganzen Vormittag mit Helmuth zusammen vorbereitet hatte. Mittels eines hölzernen Podests und eines alten gelblichen Vorhangs hatte er eine Art Bühne geschaffen, auf der Elisabeth nun stand, bereit zum Auftritt. In der Hand hielt sie eine kleine weiße Porzellanschale mit Äpfeln. Mit ihrem blaugrünen Wollkleid, das ihre Mutter ihr für die kalten Tage in Tegernsee geschenkt hatte, und dem großen weißen Schal, den sie wie eine Stola um ihre Schultern gelegt hatte, sah das gewiss sehr hübsch aus.

Erschöpft ließ sie sich auf den Stuhl sinken.

August gab ihr einen Kuss.

»Danke, dass du das für mich machst«, meinte er und schaute ihr tief in die Augen. »Das bedeutet mir mehr, als du dir vielleicht vorstellen kannst.«

»Und mir bedeutet es sehr viel, dass du mich malst, August.« Elisabeth lächelte.

Er musste ihr nicht sagen, wie sehr er sie liebte. Obwohl er es immerzu tat und keine Gelegenheit ausließ, ihr seine Liebe zu zeigen, sei es mit Blumen, Küssen oder kleinen Liebesschwüren auf Papier. Sie wusste auch so, was sie ihm bedeutete. Sie sah es in seinem Blick. Und sie sah es in seinen Bildern.

Aufgeregt lief Elisabeth ans Fenster und schaute über den Vorgarten hinweg die Straße hinunter. Die Gäste mussten jeden Moment eintreffen. August hatte sich auf den Weg gemacht, sie vom Bahnhof abzuholen. Helmuth ging ihr währenddessen im Haus zur Hand und ließ keine Gelegenheit aus, zu betonen, dass er wohl doch der bessere Mann für sie gewesen wäre, so sehr, wie er sich um sie kümmerte. Natürlich tat er das stets mit einem Augenzwinkern. Elisabeth spürte allerdings, dass hinter seinen Worten mehr steckte als ein lustiges Necken.

Von Weitem sah sie drei Personen durch den tiefen Schnee auf das Haus zustapfen. In den vergangenen Tagen hatte es pausenlos geschneit, und sie hatten schon befürchtet, dass ihre Gäste aus München nicht würden anreisen können. Aber just an diesem Tag hatte der Himmel ein Einsehen gehabt, und die Sonne strahlte über die Berggipfel hinweg auf das kleine Dorf am Tegernsee.

Elisabeth ging hinüber zum Spiegel und warf einen prüfenden Blick hinein. Sie wollte einen guten ersten Eindruck machen. Sorgsam strich sie ihr Kleid glatt und strich sich eine lose Strähne aus der Stirn. Es klopfte.

Einundzwanzig, zweiundzwanzig, dreiundzwanzig.

Sie wollte nicht sofort die Tür aufreißen und deutlich machen, dass sie schon dahinter gelauert hatte.

»Grüß Gott, die Dame.« Vor ihr stand ein hochgewachsener junger Mann mit vollem dunklem Haar und kantigem Gesicht. Er hatte seine Pelzmütze abgenommen und deutete eine Verbeugung an. Im ersten Moment war Elisabeth so erstaunt, dass sie vergaß zu antworten. Dann streckte sie ihm eilig ihre Hand entgegen und erwiderte den Gruß. Sie hatte nicht erwartet, dass Franz Marc, den August erst wenige Wochen zuvor in München kennengelernt und seither fast jeden Tag von ihm geschwärmt hatte, so gut aussehend war. Und auch ihr Gegenüber war für einen kurzen Moment sichtlich überrascht gewesen, eine junge Frau an der Tür anzutreffen.

Franz Marc lächelte erfreut.

»Was für eine Überraschung! Ich dachte, ich komme hier in so einen legeren Junggesellen-Bohème-Haushalt!«

Hinter ihm schob sich August durch die Tür, sichtlich erfreut, dass er seinen neuen Freund hatte überraschen können.

»Das ist meine Kollegin Maria Franck«, sagte Marc und trat einen Schritt zur Seite. Eine junge füllige Frau – Elisabeth schätzte sie auf Anfang dreißig – hatte sich soeben ihren dicken Pelzmantel ausgezogen. Freudig hielt sie Elisabeth die Hand hin.

»Guten Tag«, sagte sie. »Wie schön, dass ich ein wenig weibliche Unterstützung habe.« Mit einem Blick auf Elisabeths Bauch fügte sie hinzu: »Meinen herzlichen Glückwunsch! Wann ist es denn so weit?«

Elisabeth räusperte sich.

»Ich denke, im April«, antwortete sie und machte Platz, um ihre Gäste in die Wohnung einzulassen.

August führte die beiden in die Stube, wo eine festlich gedeckte Kaffeetafel auf sie wartete. Elisabeth hatte Kuchen gebacken und schenkte Tee und Milch ein, während August ein paar seiner Werke aus dem Atelier holte.

»Franz ist schon ganz gespannt«, meinte Maria. »Im Zug hat er nur davon gesprochen, wie einig ihr euch doch in eurer Kunstauffassung seid und wie wunderbar es ist, dass das Schicksal euch zusammengebracht hat.«

»Na, dann hoffe ich, dass er mir nicht gleich die Freundschaft wieder kündigt, wenn er meine Bilder sieht«, entgegnete August, während er einige Leinwände und Mappen mit Zeichnungen durch die Tür bugsierte.

Auch Elisabeth war gespannt, wie Franz Marc auf die Werke ihres Mannes reagieren würde. Es gab nicht wenige Künstler, die das Talent eines anderen nicht anerkennen konnten – aus purem Neid und mangelndem Selbstbewusstsein, wie Elisabeth zumeist hatte feststellen müssen.

Franz Marc jedoch schien anders zu sein. Er ruhte sehr in sich selbst und strahlte eine warme besonnene Gutmütigkeit aus. Nachdem er sich die Bilder, ohne ein Wort zu sagen, aber mit gelegentlich anerkennendem Räuspern und leuchtenden Augen angesehen hatte, klopfte er August auf die Schulter.

»Es gefällt mir, was du malst. Wir sind uns tatsächlich noch näher, als gedacht. Darauf sollten wir anstoßen. Es ist doch leider viel zu selten, dass man in dieser Zeit auf Gleichgesinnte trifft. Fast alle in München um mich herum sind so sehr ihrer Scholle verhaftet. Kaum einer, der es wagt, über den Tellerrand zu schauen. Obwohl die Neue Künstlervereinigung München immerhin ein Anfang ist. Du solltest meinen Freund Wassily Kandinsky kennenlernen, August. Ein sehr aufgeschlossener Geist. Wobei, auch nicht unkompliziert, der Gute. Immer will er seine eigenen Ideen durchsetzen. Ein wahrer Dickkopf.«

»Oh, August kann auch ganz schön eigensinnig sein«, meinte Elisabeth mit einem Augenzwinkern zu ihrem Mann herüber. »Nicht wahr, August?«

»Ich? I'wo. Schmarrr'n!«, rief August mit extra breitem bayrischem Akzent, denn die Bayern waren ja bekannt für ihre Eigensinnigkeit.

Das Treffen mit Franz Marc inspirierte August zu neuen Arbeiten. Er kam kaum noch aus seinem Atelier heraus. Elisabeth genoss die Ruhe, die sie hatte, um sich auf die Geburt vorzubereiten. Sie ließ es sich nie anmerken, aber ihre Angst war groß, dass etwas schiefgehen könnte. Sie hoffe, dass ihre Mutter rechtzeitig eintreffen würde, um ihr mit Rat und Tat zur Seite zu stehen. Denn auch wenn sie mit August über sehr vieles sprechen konnte und ihm fast alles anvertraute – dies war etwas, das sie nur mit ihrer Mutter teilen wollte.

KAPITEL 16

Bonn 1910 / 1911

Nun also wieder Bonn. Elisabeth blickte aus dem Fenster die verregnete Straße hinunter und seufzte. Sie hätte nichts dagegen gehabt, noch länger am Tegernsee zu verweilen. Die idyllische Ruhe hatte ihr gutgetan, und auch für den kleinen Walter, der im April das Licht der Welt erblickt hatte, war die Umgebung allemal besser als die laute, hektische Stadt. August hingegen hatte es kaum noch in Bayern ausgehalten. Die Berge waren ihm zu Wänden geworden, die ihn einengten und in seiner Kreativität hemmten. Von seiner anfänglichen Euphorie über den Anblick der wunderschönen Landschaft war am Ende nichts mehr zu spüren gewesen.

Nun gut, dachte Elisabeth resigniert, *hier bin ich wenigstens wieder bei meiner Familie.* Und in der Tat war das eine große Erleichterung. Gerade jetzt, wo Walter anfing zu krabbeln und nichts mehr vor ihm sicher war. Sie hatten ihn nach ihrem Bruder benannt, was nun, da sie wieder zu Hause wohnten mit ihm, ihrer Mutter und ihrer Großmutter unter einem Dach, für so manche Verwirrung sorgte. Elisabeth dachte zurück an die Geburt. Obwohl es sich über mehrere Tage hingezogen hatte, war es doch nicht schlimm für sie gewesen. Ganz im Gegenteil sogar. Sie hatte sich so lebendig und stark wie nie zuvor gefühlt. Beglückt von dem Gedanken, August etwas zurückzugeben von der Liebe und Zuneigung, die er ihr täglich schenkte. Natürlich hatten sich alle in der Familie gefreut, als sie ihnen ihre baldige Rückkehr nach Bonn im Spätherbst mitgeteilt hatten. Die meisten kannten Walter nur aus den Briefen und Beschreibungen und von Skizzen, die August dann und wann angefertigt hatte. Am meisten Angst hatte Elisabeth vor der Reaktion ihrer Großmutter gehabt. Sie war schließlich diejenige gewesen, die lange gegrollt hatte, weil Elisabeth und August so unzüchtig gewesen waren und nicht mehr hatten abwarten können, ehe sie verheiratet gewesen waren. Aber zu ihrer großen Erleichterung war Großmutter Koehler hocherfreut gewesen, endlich ihren ersten Urenkel im Arm zu halten. Die Anwesenheit ihrer Familie entlastete Elisabeth sehr. Sie hatte wieder mehr Zeit, den schönen Dingen des Lebens nachzugehen, saß stundenlang im Garten und las Gedichte oder spielte auf ihrem edlen Flügel, einem Steinway, den ihr Walter zur

Hochzeit mit August geschenkt hatte und der aus Sicherheitsgründen in ihrem Elternhaus verblieben war, als sie an den Tegernsee gezogen waren. Insofern war es schon vorhersehbar gewesen, dass sie eines Tages wieder zurückkehren würden. Dass es nun doch so schnell ging, hatte viele überrascht. Aber wenn man August kannte, hatte man es sich denken können. Er war zu unstet, als dass er sich lange an einem einzigen Ort hätte festsetzen können. Für sein Werk war es sicher von Vorteil, wieder in Bonn zu sein. In ihrem neuen Haus, gleich neben dem ihrer Eltern, wurde in diesen Tagen das Obergeschoss in ein großes, lichtdurchflutetes Atelier umgebaut. August war fast jeden Tag auf der Baustelle, um nach dem Rechten zu sehen. Ihm lag viel daran, einen Raum zu haben, in dem er ungestört arbeiten konnte.

Als sie bei Franz Marc und Maria in Sindelsdorf zu Besuch gewesen waren, einem kleinen Dorf, das nur sehr schwer zu erreichen gewesen war, hatte er seinen Neid kaum verbergen können. Marc hatte sich auf dem Dachboden des Hauses, in dem sie zur Untermiete lebten, ein kleines Malerparadies eingerichtet. Er hatte dort so viel Platz, dass er an mehreren Leinwänden gleichzeitig arbeiten konnte. Dazu eine gemütliche Sitzecke, zahlreiche Bücherstapel und mehrere Tische, auf denen Zettel und allerhand kleine Gegenstände lagen, die er sich als Studienobjekte vornehmen konnte, wann immer er Lust hatte. Aber das

Beste war der Ausblick gewesen. Das Haus stand ganz am Rande des Dorfes und grenzte direkt an eine große Wiese, auf der schwarzbunte Kühe gemächlich grasten und junge Pferde liefen. Es war eine Geräuschkulisse wie in einem Zoo. Nur dass die Tiere freier, wilder und glücklicher klangen. Kein Wunder, dass Marc die Tiere in fast allen seinen Werken porträtierte. Es war ja das, was ihn unmittelbar umgab. So wie Elisabeth sich auf zahlreichen von Augusts Werken wiederfand. Mal sitzend und lesend oder schlafend, verträumt mit Walterchen auf dem Arm oder spielend im Garten. Ein jeder Maler hatte eben sein Lebensthema, dem er folgen musste.

Elisabeth öffnete das Fenster und sog die kalte Dezemberluft ein. Es war hier vollkommen anders als am Tegernsee. Die Luft war nicht so klar und rein, eher schwer von den Gerüchen der Stadt. Aber es war ihre Heimat. Und sie spürte, dass es richtig gewesen war, zurückzukehren. Hier würde Augusts Werk neue Wege nehmen können.

»Lothar! Wie schön, dich zu sehen. Komm herein!« Elisabeth riss die Tür auf und ließ ihren Gast in den Hausflur. Es dauerte keine Minute, und August polterte die Treppe herunter.

»Habe ich da den Namen *Lothar* gehört?«, rief er strahlend und fiel seinem alten Schulkameraden um den Hals. »Mensch, gut siehst du aus!«

»August, altes Haus!« Auch Lothar war sichtlich erfreut, seinen Freund aus Kindertagen wiederzusehen. »Rund bist du geworden. Aber es steht dir gut. Wie ich sehe, sorgt Elisabeth hervorragend für dich.«

»Das ist der Verdienst unseres lieben Kindermädchens Anni. Sie kommt aus Salzburg und beherrscht alle österreichischen Spezialitäten im Schlaf. Köstlich, sage ich dir! Heute gab es Wiener Schnitzel, morgen steht Kaiserschmarren auf dem Speiseplan. Ich lebe hier wie im Schlaraffenland. Und wachse und gedeihe prächtig.« August strahlte.

»Wie unser Walterchen«, fügte Elisabeth hinzu und hob den zu ihren Füßen sitzenden kleinen Mann empor. »Er hat ordentlich zugelegt in den letzten Monaten. Ich kann ihn kaum noch halten.«

Lothar beugte sich vor und strich dem Kleinen liebevoll über die Wange.

»Ein properer kleiner Kerl. Ich freue mich für euch.«

»Danke, Lothar«, sagte Elisabeth und ging vor in den Salon. »Wir haben heute frischen Heidelbeerkuchen gebacken. Ein Spezialrezept von Annis Großmutter aus Salzburg.«

»Na, das lasse ich mir nicht zweimal sagen«, antwortete Lothar und folgte ihr in die Stube.

Der Tisch war festlich gedeckt, und Elisabeth schenkte allen rasch heißen Kaffee ein.

»Erzähl, August, was macht die Kunst?«

»Könnte besser sein«, murmelte August und nahm sich ein Stück Kuchen mit Sahne.

»Ach, August, stell dein Licht doch nicht unter den Scheffel!«, rief Elisabeth aufgebracht. An Lothar gewandt meinte sie: »Erst vor Kurzem hat er einen großen Schwung Bilder an meinen Onkel Bernhard Koehler verkauft. Er ist immer so begeistert von Augusts Bildern und hat sich schon eine beträchtliche Sammlung aufgebaut.«

Lothar nickte anerkennend. »Das ist doch was! Wie ich hörte, hat er auch viele Franzosen bei sich hängen.«

»Ja, wir haben ihn seinerzeit auf unserer gemeinsamen Paris-Reise bei den Käufen beraten. Es sind exquisite Stücke dabei. Monet, Cézanne, Renoir.« August begann, all die namhaften Impressionisten aufzuzählen, die auch ihm täglich als Inspiration dienten.

»Und Macké«, ergänzte Lothar sichtlich stolz, dass sein Freund es schon so weit gebracht hatte. »Ich habe dir immer gesagt, dass du es allen zeigen wirst. Der Kuchen ist übrigens phantastisch«, fügte er an Elisabeth gewandt hinzu und legte ihr freundschaftlich die Hand auf die zarten Finger. Sie zuckte kaum merklich zusammen, und doch schien Lothar es gespürt zu haben.

Schnell zog er die Hand wieder zurück und widmete sich

verlegen seinem Kuchen. Die Berührung hatte Elisabeth überrascht. Zwar war ihr Augusts bester Freund immer sehr nah gewesen, aber so nah war sie ihm noch nie gekommen. Seine Hand hatte sich warm und weich angefühlt.

»Wie dem auch sei«, knüpfte August an Lothars Bemerkung an und tat so, als habe er die kurze Verunsicherung am Tisch gar nicht mitbekommen. »Jetzt, wo ich mein neues Atelier habe, fühle ich mich eigentlich erst richtig wie ein Maler. Der Schriftsteller braucht seine Schreibstube und der Maler sein Atelier. Und das Licht da oben ist wirklich phantastisch. Du musst es dir nachher unbedingt ansehen. Vielleicht zeige ich dir auch noch ein paar meiner neuesten Arbeiten. Aber nur«, fügte er nachdrücklich hinzu, »wenn du dir noch ein Stück Kuchen nimmst!« Er lachte und lud seinem Freund das größte Stück auf.

»Nicht so viel!«, rief Lothar und stimmte in das Lachen mit ein. »Ich muss auf meine Figur achten. Hab schließlich noch keine so hübsche Frau wie du zu Hause, die mit mir nachsichtig ist, wenn die Hosen nicht mehr sitzen.«

»Na, das wird aber höchste Zeit«, stellte August fest. »Du solltest uns häufiger besuchen. So langsam hat die Kunstszene mitbekommen, wo es gemütlich und gastlich ist. Erst neulich war Franz Marc hier mit seiner Maria. Und demnächst kommt Gabriele Münter zu Besuch. Die Lebensgefährtin von Kandinsky. Du weißt doch, der von der *Neuen Künstlervereinigung*. Ich glaube, sie wollen mich mit dabeihaben. Planen etwas Großes. Ich werde mir das gerne anhören.«

»Gut, dass ich das auch noch erfahre, bevor sie vor der Tür steht«, schaltete sich Elisabeth in das Gespräch ein.

»Ich habe es auch gerade erst erfahren, Lisbeth.«

»Ist schon in Ordnung. Wird Gabriele Münter hier übernachten?«

»Ich denke schon. Wir sollten ihr auf jeden Fall das Gästezimmer anbieten.«

»Sag mir bitte rechtzeitig Bescheid, wenn du weißt, wann sie genau kommt. Dann bereite ich alles vor.«

»Wenn ich dich nicht hätte.« August lehnte sich vor und gab Elisabeth einen Kuss. Er schmeckte verführerisch nach herbem Kaffee und süßer Sahne.

Lothar sah zu den beiden herüber und seufzte. »Ihr seid schon ein Traumpaar, ihr beiden. Wisst ihr das?«

»Für dich finden wir auch noch jemanden«, meinte August aufmunternd. »Und du weißt ja. Sollte mir jemals etwas passieren, Lothar, dann wünsche ich mir dich an der Seite meiner Lisbeth.«

Es wurde still.

Elisabeth blieb das Stückchen Kuchen fast im Hals stecken. Sie spülte es rasch mit etwas Tee herunter, ehe sie husten musste. Dann schaute sie ihren Mann mit großen Augen an.

»Sag so etwas nicht, August. Was soll dir denn passieren?«

»Man kann nie wissen«, antwortete August, und sein Blick wirkte seltsam verklärt. »Wer weiß schon, was die Zukunft noch alles bringen wird.«

KAPITEL 17

Murnau 1911

»Wir müssen diesem biederen Einheitsbrei endlich etwas entgegensetzen!«, rief der kleine dunkelhaarige Mann aufgebracht und sprang hinter dem Harmonium hervor, auf dem er bis eben gedankenversunken gespielt hatte.

Alle im Raum waren zusammengezuckt angesichts der plötzlichen Unruhe.

»Bleib ruhig, Kandinsky«, brummte Franz Marc, der sich in der hintersten Zimmerecke hinter einem Schreibtisch verschanzt hatte. »Wir sind ja gerade dabei.« Er legte seinen Stift zur Seite und hielt einen Stapel Blätter in die Luft.

»So, ich glaube, ich bin fertig mit meinem Text«, verkündete er stolz. »Wer will lesen?«

»Gib her!« August war mit einem Satz vom Sofa aufgesprungen und riss seinem Freund das Manuskript aus der

Hand. Schon seit drei Tagen hockte er zusammen mit Franz, Wassily Kandinsky und dessen Partnerin Gabriele Münter in deren Atelierhaus in Murnau und feilte an der ersten Ausgabe des *Blauen Reiter*. So wollten sie ihre Protestschrift nennen, die von nun an regelmäßig erscheinen und die deutsche Kunstlandschaft gehörig aufmischen sollte. Jeder hatte sich ein Thema überlegt. Franz war für die einleitenden Kapitel zuständig. Kandinsky übernahm als Initiator und Herausgeber des Almanachs natürlich den Leitartikel, wobei er sich noch bedeckt hielt, was das Thema anging. Aber August hatte einen Blick auf seine Notizen erhaschen können und so etwas wie *Zur Frage der Form* oder so ähnlich gelesen. Er selbst wollte etwas zum Thema *Masken* beisteuern. Es sollte jedoch weniger um konkrete Maskenkunst gehen als vielmehr um die metaphorische Darstellung künstlerisch ausgedrückter Emotionen, die in Form dieser Übersee-Artefakte in Erscheinung traten. Elisabeth und Maria Franck waren dafür zuständig, die Texte zu redigieren und abzuschreiben. Sie saßen zusammen am großen Esstisch, hatten jede eine Tasse dampfenden Tee vor sich stehen und etwas Gebäck und waren in ihre Aufgabe vertieft. Sie hatten sich schon an Kandinskys gelegentliche euphorische Ausbrüche gewöhnt und nur kurz aufgeschaut.

August wandte sich dem Stapel Papier zu, das er seinem Freund Marc gerade aus der Hand gerissen hatte. Auf dem obersten Blatt stand in großen geschwungenen Lettern *Die Wilden Deutschlands*. Er wollte sich gerade daran machen, den Aufsatz zu lesen, da schnappte ihm Kandinsky die Blätter unter der Nase weg.

»Nichts da, August! Erst die Arbeit, dann das Vergnügen.« Er wirkte wie ein strenger Lehrer, wie er da vor ihm stand und seine Brille zurechtrückte.

»Du wieder«, murrte August. Kandinsky war wirklich sehr gründlich, was die Arbeit an ihrem gemeinsamen Werk anging.

»Ich bin so gut wie fertig«, verteidigte er sich. »Hier, hört zu!«

August griff nach seinen Aufzeichnungen und sprang auf das Sofa, als würde er eine Bühne erobern.

»Ein sonniger Tag, ein trüber Tag, ein Perserspeer, ein Weihgefäß«, fing er an, aus seinem Manuskript zu rezitieren.

Kandinsky unterbrach ihn postwendend. »Lass gut sein. Wir sollten unsere Aufzeichnungen einen Moment ruhen lassen und uns dem praktischen Teil zuwenden.« Er drehte sich um und stieg die schmale geschwungene Holztreppe hinauf, die in sein Atelier führte.

Einer nach dem anderen folgte ihm.

August staunte, als er in dem lichtdurchfluteten Raum im Obergeschoss der alten Villa stand, die Gabriele Münter zusammen mit Kandinsky ein paar Jahre zuvor gekauft hatte, um sich hier künstlerisch entfalten zu können. Mitten im Raum befand sich eine riesige Leinwand. Er schätzte sie auf gute drei Meter in der Breite und fast noch einmal doppelt so hoch. Darauf tobten kräftige Farben in abstrakten Formen, die sich plötzlich aufzulösen schienen und mit dem Hintergrund verschmolzen, um an anderer Stelle im Bild wieder hervorzustechen. Die obere Bildhälfte wurde von warmen Farben, von Gelb- und Rottönen dominiert, während im unteren Bildteil gedeckte Grün- und Blautöne vorherrschten. Obwohl es ein wildes Durcheinander von Formen und Farben war, folgte doch alles einer genauen Komposition. Nichts hatte Kandinsky dem Zufall überlassen.

Hinter ihm drängten Maria und Elisabeth ins Zimmer. Alle standen eine Weile andächtig vor dem riesigen Gemälde.

Kandinsky brach zuerst das Schweigen.

»Nun, meine Freunde, was sagt ihr?«, fragte er mit seinem unverkennbar russischen Akzent.

»Hm«, machte Franz.

Gabriele hielt sich im Hintergrund. Sie kannte das Bild bereits.

Maria legte den Kopf schief. »Wäre es hochkant nicht irgendwie …« Sie suchte nach einem Wort.

»Noch imposanter?« Kandinsky zog die Augenbrauen hoch. »Ich weiß noch nicht, wie es genau hängen wird.

Aber eines ist sicher: Damit haben wir den Eklat, den wir brauchen bei der Jahresausstellung der *N.K.V.M.*« Er lächelte zufrieden.

»Damit könntest du recht haben«, meinte Franz nachdenklich. »Und du meinst …?«

»Genau.« Kandinsky zog das Wort in die Länge. »Das wird das Ende der Vereinigung sein. Danach ist der Weg frei für den *Blauen Reiter.*«

»Wenn das klappt, bist du ein Genie!«, rief Franz.

»Es wird klappen. Wirst sehen.«

»Und das Bild kommt dann in unsere Ausstellung, die selbstverständlich gleichzeitig stattfinden wird. Dafür habe ich schon gesorgt. Es ist alles vorbereitet. Tannhauser stellt uns seine Galerieräume im Arco-Palais zur Verfügung.«

»Genial!« Franz war begeistert. Und auch die Augen der Münter leuchteten. Maria wirkte noch etwas skeptisch, und Elisabeth hatte sich vornehm zurückgehalten. August war gespannt, was sie über das Bild und Kandinskys Pläne dachte. Leider waren sie kaum ungestört hier im Haus. Das Wetter war in den vergangenen Tagen so schlecht gewesen, dass sie nicht viel herausgekommen waren. Sonst hatten sie sich immer auf langen Spaziergängen über ihre Gedanken und Ansichten ausgetauscht. Hier blieb ihnen nur die Zweisamkeit, wenn abends alle auf ihren Zimmern waren.

Ein wohliges Gefühl durchströmte August. Er liebte es, sich nachts unter Elisabeths Decke an sie anzuschmiegen, ihren zarten Duft in sich aufzusaugen, ihre weiche Haut unter seinen Finger zu spüren. Er liebte sie mit allem, was sie hatte und was sie war. Und jeden Morgen war er von Neuem voller Glück und Dankbarkeit, wenn er neben ihr aufwachte und ihm bewusst wurde, dass er das große Glück hatte, mit dieser Frau verheiratet zu sein. Er warf ihr einen sehnsüchtigen Blick zu. Elisabeth musste kichern. Sie wusste genau, woran er gerade dachte. Nichts konnte man vor ihr verheimlichen.

Keck warf sie ihm einen Luftkuss zu und zwinkerte aufmunternd. *Später* formten ihre Lippen lautlos. Für August konnte der Abend gar nicht schnell genug heranrücken.

Mit seinen Augen fuhr er an ihrem Körper entlang. Zarte rosige Haut, weiche Linien, pralle Formen. Sofort sah er die Farben auf der Leinwand vor sich. Wie sie miteinander verschmolzen, pastellig, zart. Er sah die langen dunklen Haare, kunstvoll zu einem Knoten im Nacken gebunden. Schmale Schultern, ein gerader starker Rücken, eine schlanke Taille, breite weibliche Hüften und einen wohlgeformten runden Po. Das Gesicht verbarg sich hinter dem leicht erhobenen Arm. Zurückhaltend und doch verführerisch.

»Du frisst mich ja gleich auf mit deinen Blicken.« Elisabeth lachte und riss August jäh aus seinen Gedanken.

»He, ich hatte dein Aktporträt schon fast fertig«, beschwerte er sich und zwinkerte ihr scherzhaft zu. »Jetzt muss ich wohl von vorne anfangen. Und du musst noch eine Weile so wunderschön nackt vor mir stehen bleiben.«

»Das hättest du wohl gerne.«

Fröstelnd kroch Elisabeth wieder zurück zu ihm unter die Bettdecke. Die alte Villa kühlte nachts vollständig aus, und es wurde unangenehm kalt und klamm in den Räumen. Nur tagsüber, wenn die Sonne hereinschien, konnte sich das Zimmer etwas anwärmen.

August schmiegte sich eng an seine Frau.

»Du bist das Beste, was mir je passiert ist«, flüsterte er ihr ins Ohr. »Ohne dich …« Er zögerte. »… ich weiß nicht, wo ich ohne dich jetzt wäre. Vielleicht immer noch in Düsseldorf an der Akademie. Verstaubt zwischen den vielen Gipsabdrücken und todunglücklich.«

»Ach, August, das glaube ich nicht. Das war doch deine Entscheidung, dort wegzugehen. Ich habe dich nur dabei unterstützt. Aber du hättest es auch ohne mich getan. Das war einfach nichts für dich. Und gut, dass du die Stelle am Theater damals abgelehnt hast. Wer weiß, was der Schmidtbonn noch alles von dir verlangt hätte, ohne dass du dein wahres Talent hättest zeigen können. Jetzt bist du doch auf einem sehr guten Weg. Dein Werk nimmt langsam Form an.« Sie gab ihm einen langen intensiven Kuss.

Ihre Worte klangen noch lange in seinen Ohren nach. Sein Herz pochte wild. So klar und rein hatte sie ihre Bewunderung für seine Arbeit noch nie ausgedrückt. Es hatte so unmittelbar geklungen. So von Grund auf ehrlich.

Erfüllt von tiefer Dankbarkeit stieß er einen langen zufriedenen Seufzer aus. Er wollte gerade etwas sagen, da hörte er das tiefe gleichmäßige Atmen neben sich. Elisabeth hatte sich in seinen Arm gelegt und war sofort eingeschlafen. Langsam hob und senkte sich ihre Brust unter der Decke. Ihre dunklen Wimpern fielen lang und weich auf ihre rosigen Wangen. Vorsichtig strich er ihr Haar zur Seite und gab ihr einen Kuss auf die Stirn. Er würde sie beschützen, solange er lebte. Sie war sein Ein und Alles. Das Wertvollste, das er hatte. Sie war sein zweites Ich.

KAPITEL 18

Köln 1912

Elisabeth ging staunend von einem Raum in den nächsten. Als sie das moderne Gebäude der Kölner Ausstellungshalle betreten hatte, war sie nicht darauf gefasst gewesen, was sie im Innern erwarten würde. Allein die ersten fünf Säle warteten mit insgesamt über hundert Werken van Goghs auf. Die dunklen *Kartoffelesser* trafen hier auf sein ganz in Blau gehaltenes Selbstporträt. Farben rauschten nur so von den Wänden und verlangten den Besuchern so einiges an neuen Sehgewohnheiten ab. Elisabeth war sich sicher – diese Schau würde für Aufsehen sorgen. Sie hoffte inständig, dass die Kritiken positiv ausfallen würden. August hatte es verdient. Eilig durchquerte sie die folgenden Ausstellungsräume sechs und sieben, die den Franzosen gewidmet waren, allen voran Cézanne und Gaugin. Vor einem kleinen Stillleben mit Äpfeln von Cézanne blieb sie kurz stehen. Ein Lächeln huschte ihr über das Gesicht. Hiervon also hatte August sich damals für sein *Porträt mit Äpfeln* inspirieren lassen, für das sie stundenlang Modell gestanden hatte. Unwillkürlich fasste sie sich an den Bauch. Sie war damals hochschwanger gewesen mit dem kleinen Walter und hatte eigentlich kaum noch stehen können. August hatte ihr extra ein kleines Podest gebaut und einen Schemel bereitgestellt, damit sie sich immer wieder hatte hinsetzen können. Es war eine schöne Zeit gewesen damals am Tegernsee. Ihr erstes eigenes Heim zusammen mit ihrem frisch angetrauten August und in freudiger Erwartung des ersten Kindes. Rückblickend wunderte sie sich, wie sie all das so entspannt und gelassen hatte erleben können. Sie war schließlich mutterseelenallein gewesen in einem Ort weit weg von der Heimat. Vollkommen fremd mit den hohen Bergen um sie herum. Und in einer gänzlich neuen Situation durch die Schwangerschaft. Aber August war immer an ihrer Seite gewesen. Deshalb hatte sie nie den leisesten Zweifel gehabt, ob sie es schaffen könnte. Mit ihm zusammen war alles möglich.

Mit ihrer Hand strich sie sanft über ihren Bauch. Bald würden sie zu viert sein. Noch hütete sie dieses Geheimnis für sich allein. Nicht einmal August hatte sie etwas erzählt, nachdem die Enttäuschung ein Jahr zuvor so groß gewesen war, als sie eine plötzliche Fehlgeburt erlitten hatte. August war damals wochenlang am Boden zerstört gewesen und hatte nicht einen Tag arbeiten können. Das wollte Elisabeth kein zweites Mal erleben. Zu wichtig war ihr die Karriere und das Fortkommen ihres geliebten Malers geworden.

Es fühlte sich immer auch wie ihr eigener Erfolg an, wenn August zu einer großen Ausstellung eingeladen wurde oder sein Name in der örtlichen Zeitung erwähnt wurde. Sie war so unendlich stolz auf ihn. Lange konnte sie ihre Schwangerschaft jedoch nicht mehr verheimlichen. Allmählich begann sich der Bauch zu wölben. Schon bald würde er es bemerken.

Sie löste sich von dem Anblick der leuchtend roten Äpfel, die auf den Betrachter zuzurollen schienen, und durchquerte den achten Saal. Hier hingen hauptsächlich Werke von Picasso, aber auch von Matisse und Georges Braque, erkannte sie im Vorbeigehen. Es folgten die Niederländer mit Piet Mondrians *Hyazinthe*-Zeichnung, dic Schweizer mit einigen Werken Ferdinand Hodlers und die Österreicher, die von Kokoschka und Egon Schiele vertreten wurden. In Raum Nummer zwanzig hielt sie noch einmal kurz inne. Angesichts der emotional aufgeladenen, gewaltigen Werke Munchs beschlich sie ganz plötzlich ein Gefühl der Beklemmung. Die *Madonna* im blutroten Farbkreis mit ihren langen schwarzen Haaren wirkte merkwürdig leblos. Und eines der *Vier Mädchen auf der Brücke* starrte sie aus einem leeren fleischfarbenen Gesicht heraus an. Wie ein Abgrund, nur dass alles in den buntesten Farben leuchtete.

Sie wusste, wie sehr August Edvard Munch verehrte und wie gerne er ihn eines Tages treffen würde. Insgeheim hoffte er wohl, dass sein Traum hier bei der Sonderbundausstellung endlich in Erfüllung gehen würde. Elisabeth teilte seine Begeisterung nicht so sehr. Sie fand Munchs Werke teilweise eher angsteinflößend und bedrückend. Ganz anders als die lebensfrohen Werke ihres Mannes. Sie wandte sich ab, straffte den Rücken, strich sich eine Haarsträhne hinter das Ohr und betrat Raum Nummer einundzwanzig, wo die rheinischen Expressionisten hingen. Sie sah Augusts Gemälde schon von Weitem, und ihr Herz fing heftig an zu pochen. Er hatte es geschafft. Er hatte es tatsächlich geschafft und war Teil der *ersten Ausstellung moderner Kunst auf deutschem Boden*, wie es überall auf den Plakaten und im Ausstellungskatalog hieß. Eine Woge des Stolzes überrollte Elisabeth, und vor Freude liefen ihr die Tränen.

Plötzlich hörte sie Schritte hinter sich. August kam aus dem Nebenraum auf sie zugeeilt.

»Da bist du ja endlich!«, rief er freudestrahlend. Ihre Tränen wischte sie eilig weg. Er begrüßte sie mit einem Kuss auf die Wange. Hinter ihm tauchten Kandinsky und Gabriele auf. Dahinter folgte Helmuth Macke, Augusts Cousin, den sie seit ihrer Abreise aus Tegernsee nicht mehr gesehen hatte, und das war immerhin schon fast zwei Jahre her. Er hatte sich zu einem stattlichen jungen Mann entwickelt und strotzte nur so vor Selbstbewusstsein. Die Bergluft tat ihm sichtlich gut.

»Elisabeth, wie schön, dich zu sehen!« Er gab ihr einen eleganten Handkuss.

»Helmuth, was für eine Freude! Gut siehst du aus. Wie ich gehört habe, bist du immer noch am Tegernsee?«

»In der Tat. Wie August damals gesagt hat, ist es absolut der beste Ort für ein Leben als Künstler. Ich vermisse die Stadt überhaupt nicht. Ab und an mal nach München rein, auf einen Besuch beim Franz oder eine neue Ausstellung ansehen, das reicht mir völlig. Dann habe ich wieder genug Eindrücke, um sie am See in Ruhe zu verarbeiten.«

»Das klingt herrlich«, freute sich Elisabeth. Sie musste zugeben, dass sie die Ruhe und Geborgenheit der Berge schon einige Male schmerzlich vermisst hatte. Überhaupt war ihr Leben unruhiger geworden, seit sie wieder in Bonn lebten. Aber für August und seine Karriere als Maler war es gut gewesen. Erst hier hatte er sich voll entfalten können. Er war ein so kommunikativer Mensch und brauchte den Austausch unter Gleichgesinnten. Auch wenn er viel mit ihr redete, ihr überschwänglich seine Theorien und neuesten Erkenntnisse mitteilte, war sie doch nur seine Frau und konnte ihm nicht das bieten, was er beim *Blauen Reiter* zusammen mit Franz und Kandinsky fand oder als

Kuratoriumsmitglied des *Sonderbunds Westdeutscher Kunstfreunde und Künstler.* Auf Letzteres war er besonders stolz und hatte es nun ja auch endlich geschafft, selbst drei seiner Werke in dieser gigantischen Schau ausstellen zu können.

»Wo hast du Walterchen gelassen?«, fragte August überrascht.

»Der Kleine musste leider zu Hause bleiben. Er hat heute Nacht hohes Fieber bekommen. Ich habe Anni Bescheid gesagt. Sie kümmert sich, solange ich weg bin.«

Natürlich war es nicht leicht, das normale Familienleben mit den oft ausschweifenden Abenden eines Künstlerdaseins zu vereinen. Aber ein Leben ohne Kinder hätte sich Elisabeth niemals vorstellen können. Und irgendwie klappte es immer, dass sie sowohl für August als auch für ihren kleinen Walter da sein konnte. Sie hoffte, dass es mit zwei Kindern immer noch so einfach sein würde.

»Wir wollen gleich einen Happen essen gehen. Hast du schon alle Räume gesehen?«

»Noch nicht«, gab sie zu. »Ich gehe schnell noch mal durch und komme dann nach.«

»Alles klar. Wir gehen in den *Ratskeller.*«

»Ja, dann bis gleich.«

Elisabeth machte sich auf den Weg, die übrigen Ausstellungsräume anzusehen. Neben den *Blauen Reitern* waren auch die *Brücke*-Künstler vertreten, allen voran

Max Pechstein, Erich Heckel, Ernst Ludwig Kirchner, Otto Mueller und Karl Schmidt-Rottluff. Dann gab es noch einige weitere Werke von Picasso und Plastiken von Wilhelm Lehmbruck. Am Ende der Ausstellung, die fast dreißig Säle umfasste, taumelte sie, aufgeladen mit jeder Menge Eindrücken von Farben und Emotionen, ins Freie.

Sie atmete die angenehme Luft des milden Septembernachmittags ein, schloss für einen Moment die Augen und gab sich ganz dem Vogelgezwitscher und Stimmengewirr der Umgebung hin, bevor sie sich auf den Weg in den *Ratskeller* machte.

Müde und erschöpft ließ sich Elisabeth auf das Bett fallen.

»Ich kann nicht mehr, August. Alles tut mir weh«, jammerte sie und musste zugleich lachen.

Auch August streifte sich hastig die Schuhe ab und warf sich neben sie auf das Bett.

»Ich fühle mit dir«, rief er theatralisch und gab ihr einen langen intensiven Kuss. Sogleich fing er an, an ihrer Bluse herumzunesteln, schaffte es aber nicht einmal, den ersten der vielen kleinen Perlmuttknöpfe zu lösen.

»Lass gut sein, August«, ermahnte sie ihn liebevoll und nahm seine Hand. »Ich bin wirklich todmüde. Und du bist ziemlich betrunken. Wir sollten jetzt schlafen. Morgen sieht die Welt wieder anders aus.«

»Ja, grau und kopfschmerzerfüllt«, stöhnte August und rollte sich auf die Seite. »Ich sollte am besten gar nicht erst wieder aufstehen.«

»Ich hab dir ja gesagt, dass der Absinth nach dem vierten Glas Wein keine gute Idee ist.«

»Aber du ... du hast ja gar nichts getrunken. Da musste ich ja«, lallte August. »Wieso hast du denn eigentlich nicht ...?« Er brachte den Satz nicht mehr zu Ende.

Elisabeth atmete erleichtert auf. Für einen Moment hatte sie gefürchtet, August von ihrer erneuten Schwangerschaft erzählen zu müssen. Nicht, dass sie sich nicht über den herannahenden Nachwuchs freute, aber sie wollte es ihm bei Tag erzählen. Irgendwo auf einer gemütlichen kleinen Bank im Schatten eines Baumes. Sie sah die Szene schon lebhaft vor sich. Ihm die frohe Botschaft mitten in der Nacht, völlig übermüdet und betrunken noch dazu, zu überbringen, hätte sie nicht übers Herz gebracht. Anlügen wollten sie ihren Mann aber auch nicht.

Eilig verschwand sie im Nebenzimmer, wo der Waschtisch stand, und zog sich aus.

Der Nachmittag im *Ratskeller* war zu einer richtigen Orgie bis spät in den Abend hinein ausgeartet. Kandinsky, der eigentlich ein ruhiger Typ war, war immer munterer geworden, je mehr leere Weinflaschen auf dem Tisch gestanden hatten. Und auch die sonst so ruhige Gabriele hatte am Ende die kleine Bühne erklommen und zu den wilden Klängen der Band getanzt. Natürlich war es ein wunderbarer Abend gewesen. Keine Frage. Aber Elisabeth war schließlich nicht mehr so frei und ungebunden wie noch vor zwei Jahren. Beinahe hätten sie den letzten Zug von Köln nach Bonn verpasst. Was hätte Walterchen dann bloß gesagt? Sie hatte ihrem kleinen Sohn hoch und heilig versprochen, ihn am nächsten Morgen zu wecken.

Ist ja noch mal gut gegangen, dachte sie erleichtert und ging zurück in die Schlafkammer. August hatte sich auf seiner Seite des Bettes zusammengerollt und schnarchte tief und gleichmäßig. Elisabeth rollte die Augen. Sie liebte wirklich alles an ihm, aber sein Schnarchen brachte sie so manches Mal um den Schlaf.

Fröstelnd schob sie sich unter die Decke und zog sie sich bis über die Ohren. Normalerweise hätte sie noch stundenlang wachgelegen, dem tiefen gleichmäßigen Schnarchen lauschend, und wäre dann irgendwann in einen ebenfalls tiefen Schlaf gefallen. Aber heute war sie so müde, dass sie auf der Stelle wegdämmerte. Sie hoffte, dass sie rechtzeitig aufwachen würde, um Walterchen zu wecken, wie sie es ihm versprochen hatte.

KAPITEL 19

Hilterfingen am Thunersee 1913

Da vorne ist es! Ich sehe schon den Fähranleger!«, rief Elisabeth aufgeregt und eilte hinüber zu August, der sich am Bug des Schiffes positioniert hatte und seinen Blick über die grünen Wiesen und dahinter aufragenden silbernen Felswänden schweifen ließ.

Er nahm sie in den Arm, und gemeinsam blickten sie dem kleinen Ort Hilterfingen am Thunersee entgegen, den sie sich für die nächsten Monate als heimatliches Domizil ausgesucht hatte. Besser gesagt, den Sophie Gerhardt, Elisabeths Mutter, ausgesucht hatte. Für August und Elisabeth war nur klar gewesen, dass sie erneut eine Auszeit vom turbulenten Stadtleben benötigten. Die vielen gesellschaftlichen Verpflichtungen und Ausstellungen der vergangenen Monate hatten an ihren Kräften gezerrt. Auch wenn Augusts Karriere als Maler einen ordentlichen

Sprung gemacht hatte und er sehr viele lukrative Verkäufe hatte tätigen können, war ihr gemeinsames Familienleben doch etwas auf der Strecke geblieben. Und in der Stadt gab es auch einfach zu viel Ablenkung, als dass August sich auf seine Malerei hatte konzentrieren können. Hier, in der abgeschiedenen Ruhe des kleinen Bergdorfes, wollten sie den kommenden Herbst und Winter verbringen, um neue Kraft zu tanken.

Elisabeths Mutter hatte die Unterkunft mit dem vielversprechenden Namen *Haus Rosengarten* bei ihrer Reise nach Bern entdeckt. Auf einem Ausflug war sie hier am Thunersee gewesen und hatte die Büchlers kennengelernt. Ein gut situiertes Ehepaar aus Basel mit zwei Kindern, die nur im Sommer hier waren und das Haus in der übrigen Zeit möbliert untervermieteten. Es lag direkt am See, hatte einen großen Garten mit Blumenbeeten und Obstbäumen und sogar einen eigenen kleinen Steg, der hinaus auf das türkisblaue Wasser führte. Schon bei der Beschreibung hatten Elisabeth und August Erholung verspürt.

Nun standen sie aufgeregt an Bord des Schiffs, das sie von Oberhofen über den Thunersee nach Hilterfingen brachte, und träumten sich ihrer verdienten Auszeit entgegen. Anni kam mit Walter und dem kleinen Wolfgang aus dem Speiseraum. Walter rannte sofort auf seinen Vater zu und hängte sich an sein Bein. Neugierig blickte er Richtung Ufer.

»Das wird unser neues Zuhause sein«, sagte August freudestrahlend und hob den kleinen Kerl hoch, damit er besser sehen konnte. »Hier hast du ganz viel Natur, in der du wunderbar spielen kannst.«

Fast hätte er ihn durch die Luft gewirbelt. Elisabeth konnte ihn gerade noch bremsen.

»Nicht, August! Warte damit, bis wir an Land sind!«

Sie nahm Anni den kleinen, in dicke Decken gewickelten Wolfgang ab. Er war noch kein ganzes Jahr alt, erst im Februar hatte er das Licht der Welt erblickt. Welch eine Freude war das gewesen! Und dieses Mal hatte sie sich nicht verstecken müssen wie bei der ersten Schwangerschaft, als sie und August noch nicht verheiratet gewesen waren. Aber auch diesen Skandal hatten sie gemeinsam überstanden und hinter sich gelassen. Mit Wolfgang war ihr Familienglück noch einmal rasant angewachsen. Auch wenn Elisabeth nun als zweifache Mutter noch mehr Arbeit hatte. Zum Glück hatte sie Anni, die ihr fleißig im Haushalt und mit den Kindern half, so dass sie mehrmals die Woche Zeit für sich und ihre Musik fand. Zu gerne spielte sie zusammen mit ihrer Freundin Emma Klavier, die mittlerweile eine erfolgreiche Pianistin geworden war. Nun würde sie erst einmal allein üben müssen. Aber auch hier ließ sich sicher jemand finden, der das ein oder andere Mal zusammen mit ihr musizieren würde. Sie dachte an Louis Moilliet und dessen Frau Hélène, die seit einiger Zeit in Gunten lebten, nur wenige Kilometer von Hilterfingen entfernt. Sie hatten Louis seit ihrer Hochzeitsreise nicht mehr gesehen. Mittlerweile war auch er ein angesehener Künstler. Elisabeth war sich sicher, dass August sich wieder gut mit ihm verstehen würde. Sobald sie sich etwas in ihrem neuen Alltag hier am See eingelebt hatten, würde sie die beiden zum Tee einladen.

Das Haus war traumhaft. Eingebettet in eine parkähnliche Gartenanlage mit leicht abfallendem Grundstück hin zum See und umgeben von hohen Obstbäumen, weckte es sofort heimelige Gefühle bei Elisabeth. Sie machte sich daran, die Räume zu inspizieren, und öffnete die großen hölzernen Fensterläden, um die milde Herbstsonne hereinzulassen.

»Herrlich!«, hörte sie August aus dem oberen Stockwerk rufen.

»Hier ist ein Raum, von dem aus man einen perfekten Blick über den See hat. Ideal als Atelier.« Er kam in die Küche und strahlte Elisabeth glücklich entgegen. »Deine Mutter ist so gut zu uns!«

»Sie ist einfach froh, dass wir uns haben, August. Du weißt ja, seit mein Vater gestorben ist, hat sie noch einmal mehr gemerkt, wie wichtig es ist, einen liebevollen, verlässlichen Partner an seiner Seite zu haben.«

Ihre Unterhaltung wurde von Walter unterbrochen, der in die Küche gelaufen kam.

»Mama, Mama, schau mal!« Er hielt Elisabeth einen kleinen Weidenkorb mit saftigen roten Äpfeln entgegen.

Anni kam hinter ihm her. »Entschuldigen Sie, Frau Macke. Er ist mir einfach entwischt.«

»Schon gut, Anni. Er ist ja nur aufgeregt wegen der neuen Umgebung.« Elisabeth lachte, und an Walter gewandt meinte sie: »Dann müssen wir ja unbedingt bald einen leckeren Apfelkuchen backen, nicht wahr?«

»Au ja!« Walter quiekte begeistert und klatschte in seine kleinen Händchen.

»Aber erst einmal müssen wir dafür sorgen, dass wir etwas für das Abendbrot einkaufen. Was meinst du? Sollen wir mal schauen, ob es hier einen Markt gibt?«

Walter quiekte erneut vor Begeisterung und holte sich seinen kleinen Hut, den Großmutter Gerhardt ihm zum zweiten Geburtstag geschenkt hatte. Er war leuchtend rot und trug dazu bei, dass Elisabeth ihren Sprössling jederzeit im Blick haben konnte, wenn sie in der Stadt oder im dichten Gedränge auf dem Markt unterwegs waren.

»Ich fürchte, so spät am Nachmittag haben die Märkte schon geschlossen«, merkte Anni nachdenklich an.

»Ach, wir werden schon etwas finden«, versuchte Elisabeth, heiter zu bleiben. Aber natürlich machte sie sich bereits seit ihrer verspäteten Abreise aus Bern am Morgen

Gedanken, wie sie noch an etwas Essbares kommen sollten, falls sie erst am Nachmittag in Hilterfingen eintreffen würden.

»Es gibt doch bestimmt auch einen Gasthof oder eine kleine Speisewirtschaft hier in der Nähe«, meinte August zuversichtlich.

»Es hilft nichts, wir müssen einfach mal raus und nachsehen, nicht wahr?« Elisabeth zwinkerte Walter aufmunternd zu und hielt ihm die Hand hin, um sich gemeinsam mit ihm auf den Weg nach Thun zu machen, während Anni zu Hause blieb, um den kleinen Wolfgang zu versorgen.

Thun war ein wunderschöner kleiner Ort, der sich idyllisch vom See herauf in die Berge erstreckte. Fachwerkhäuser säumten die kopfsteingepflasterten Straßen, und über allem thronte das imposanten Stadtschloss mit seiner strahlend hellen Fassade und den vielen roten Spitzdächern.

Elisabeth hätte zu gerne einfach nur umhergeschaut, das bunte Treiben in den Gassen beobachtet und sich die hübschen Kleider und Hüte in den Auslagen der Geschäfte angesehen, aber mit Walter an ihrer Seite musste sie stets wachsam sein. Nicht, dass der Kleine ihr wieder davonlief. Er war so aufgeweckt und neugierig, dass er so manches

Mal nicht an sich halten konnte und einfach losrannte. Vorsichtig bugsierte sie ihn durch die schmalen Gassen, die nun am Nachmittag recht gut gefüllt waren mit Spaziergängern. Sie hielt Ausschau nach einem Marktplatz, konnte jedoch nichts dergleichen entdecken.

Müde von der langen Reise und mit knurrendem Magen kehrte sie in einer kleinen Speisewirtschaft ein. Auch wenn es ihr merkwürdig vorkam, irgendwo musste sie schließlich nachfragen, wo sie jetzt noch etwas zu essen kaufen konnte.

»Grüezi, wie kann ich Ihnen helfen?«, begrüßte sie eine rundliche Frau mit dicken blonden Haaren, die sie zu einem geflochtenen Knoten aufgesteckt hatte.

»Guten Tag, darf ich Sie fragen, ob es hier in der Nähe einen Markt gibt oder ein Geschäft, in dem ich noch etwas Brot und Wurst bekommen könnte? Meine Familie und ich sind eben erst mit dem Zug aus Bern angekommen. Wir wohnen unten in Hilterfingen.«

Sie brauchte gar nicht weitersprechen. Die Frau wusste offenbar bereits Bescheid.

»Ach, Sie sind also die Frau Macke«, rief sie freudestrahlend mit einem breiten schweizerischen Akzent und kam hinter der Theke herbeigeeilt. »Und wer bist's du?« Sie tätschelte dem kleinen Walter freundlich die Wangen und reichte Elisabeth die Hand zur Begrüßung. »Der Markt hat bereits geschlossen. Sie können jeden Vormittag dort einkaufen. Er ist gleich unterhalb des Schlosses, bloß eben die Straße hinauf. Aber der Buchinger hat noch offen. Bei ihm bekommen's frisches Brot und gute Wurst. Käse hat er auch. Von der eigenen Kuh und Ziege. Und ich geb Ihnen geschwind ein paar Tomaten. Die wachsen bei uns ja bis Ende Oktober, so herrlich warm, wie es immer noch ist.«

Die Frau lief nach hinten in die Küche und kehrte wenig später mit einem Korb voll leuchtend roter Tomaten zurück. Auch eine große Staude Weintrauben hatte sie dazugelegt.

»Äpfel haben's ja selber im Garten.« Sie zwinkerte Elisabeth zu und überreichte ihr den Korb. »Und für den Bub«, sie griff in ihre Schürzentasche und zauberte ein paar Bonbons hervor, die in bunt glitzerndes Stanniolpapier gewickelt waren, »ein paar Kamellen. Er darf doch?« Sie blickte Elisabeth fragend an.

»Das ist aber nett. Vielen Dank, Frau …«

»Loebach – Regula Loebach.«

»Vielen Dank, Frau Loebach. Das ist wirklich sehr freundlich von Ihnen. Das nächste Mal komme ich zusammen mit meinem Mann, und dann speisen wir hier bei Ihnen.«

»Sehr gerne. Sie sind immer herzlich willkommen.«

Elisabeth verabschiedete sich eilig, damit sie noch schnell das Brot und die Wurst besorgen konnte. Sogar ein großes

Stück Käse und frische Eier hatte der alte Bauer noch für sie aus dem hinteren Zimmer geholt.

Vielleicht hatte es auch geholfen, den kleinen Walter dabeizuhaben, überlegte Elisabeth auf dem Rückweg zu ihrem Haus. Alle waren so überaus freundlich und hilfsbereit gewesen. Das hatte sicherlich auch an dem kleinen aufgeweckten Knaben gelegen, der mit seinem roten Hütchen und seinem sonnigen Gemüt sogleich alle in den Bann zog.

Glücklich über ihre Ausbeute erreichte sie ihr neues Heim. Langsam wurde es schummrig, und ihr Magen knurrte. Zum Glück würde sie sich bald schlafen legen können. Die Reise hatte sie viel Kraft gekostet. Es war höchste Zeit, sich ein wenig mehr Ruhe zu gönnen. Aber dass ihr das in dieser traumhaften Umgebung nicht schwerfallen würde, davon war sie überzeugt.

Das türkisblaue Wasser plätscherte sanft gegen den Bootsrumpf, während der leichte Wind das Segeltuch sanft aufblähte. Elisabeth schloss die Augen und hielt ihr Gesicht in die wärmende Sonne. Für Ende Oktober war es noch erstaunlich mild. Seit sie am Thunersee angekommen waren, hatte es nicht einen Tag ohne Sonne gegeben. Für sie alle war allein das schon eine unglaubliche Wohltat gewesen und eine willkommene Abwechslung zu dem grauen regnerischen Einerlei ihres Stadtlebens in Bonn. Wie sehr hatten sie sich doch in den vergangenen Monaten nach der reinen Natur gesehnt, die ihnen schon damals am Tegernsee so gutgetan hatte.

Eine plötzliche Böe ließ das kleine Holzboot Fahrt aufnehmen. Elisabeth blinzelte gegen das Licht und versuchte, die Gesichter der anderen zu erkennen. Louis saß an der Pinne und schaute konzentriert in die Segel, während er das Boot gekonnt über den See gleiten ließ. Hélène unterhielt sich angeregt mit August. Ihre Wangen waren von der frischen Luft gerötet, und ihr blondes Haar wehte im Wind.

Elisabeth hatte das Paar gleich nach ihrer Ankunft ein paar Tage später zum Tee eingeladen und aus den Äpfeln im Garten, die sie gemeinsam mit Walter gesammelt hatte, einen herrlichen Apfelkuchen gezaubert. Louis und Hélène waren an diesem Tag bis spät in den Abend hinein geblieben, und so war es mehrmals die Woche weitergegangen. Sie verstanden sich alle vier so gut, dass es ihnen nie langweilig miteinander wurde. August und Louis malten tagsüber zusammen oder machten sich bei Pfeife und starkem Kaffee Gedanken über die Zukunft der modernen Malerei. Hélène kam des Öfteren zum Klavierspielen mit Elisabeth vorbei. Jeden Sonntag unternahmen sie größere Ausflüge. Mal ging es zum Wandern hinauf in die Berge, mal segelten sie auf dem See und machten irgendwo an einer kleinen Bucht Rast, um ein leckeres Picknick einzunehmen, welches Elisabeth und Hélène in Gemeinschaftsarbeit vorbereitet hatten. Es waren herrliche Stunden mit den beiden, und Elisabeth wollte sich gar nicht vorstellen, wie es war, wenn sie diese gottvolle Gegend spätestens im nächsten Sommer wieder verlassen mussten. Denn dann kamen wie jedes Jahr die Besitzer des Hauses aus Basel zurück, um den Sommer dort ungestört zu verbringen.

»Wollen wir uns gleich eine Bucht suchen, in der wir an Land gehen und picknicken können?«, rief sie gegen das Rauschen des Wassers zu den anderen hinüber.

Louis reckte den Daumen in die Luft und steuerte auf eine kleine Insel zu, die unweit des Ufers mitten im glitzernden See lag.

Hélène kletterte behände über das glatte Oberdeck des Bootes und holte das Segel ein, während Louis vorsichtig auf die felsige Uferkante zusteuerte. August hatte sich schon mit einer Leine bewaffnet im Cockpit positioniert, bereit zum Absprung an Land, um das Boot fachmännisch zu vertäuen.

Elisabeth verfolgte das muntere Treiben von ihrem komfortablen Platz im Bug des Schiffes und freute sich, dass alle so eifrig ihrem Vorschlag gefolgt waren. Sie hatte den Picknickkorb schon in der Hand. Unter dem blauweiß karierten Leinentuch duftete es herrlich nach frisch gebackenem Brot und gegrillten Hähnchenschenkeln.

Als sie das Ufer erreicht und das Boot sicher vertäut hatten, war Elisabeth die Erste, die an Land hüpfte und es sich ein paar Meter weiter auf einer großen Decke bequem machte. Alle freuten sich über den reichhaltig gefüllten Korb.

»Was für ein Festessen!«, staunte Louis und griff sich einen der Hühnerschenkel.

»Hier, koste mal den süßen Senf dazu. Der ist vom Markt in Thun. Fast jede Woche muss ich ein neues Glas besorgen, weil August gar nicht genug davon bekommen kann«, erklärte Elisabeth und lachte.

»Das schmeckt alles vorzüglich«, schwärmte Hélène und griff sich ein paar Trauben.

August saß andächtig mit einer dicken Scheibe Butterbrot und einem ordentlichen Stück Käse neben ihr, schwieg und blickte auf den See hinaus. Nach einer Weile seufzte er tief. »Was für ein herrlicher Tag! Was für ein herrliches Leben, nicht wahr? Da mag man doch gar nicht meinen, dass diese Idylle durch irgendetwas getrübt werden könnte.« Er schaute seine Freunde zufrieden an.

»Die politische Situation ist nicht ganz einfach momentan«, gab Louis zu bedenken. »Wollen wir hoffen, dass die da oben sich einig werden. Es soll ja hoch hergehen am kaiserlichen Hof in Österreich, habe ich gelesen.«

»Wir wollen hoffen, dass es schnell zu einer Einigung kommt«, meinte Hélène, die merkte, dass die Stimmung plötzlich ein wenig getrübt war. »Lasst uns den Tag genießen und dankbar sein, dass wir es hier so gut haben.«

»Ja, genau«, pflichtete ihr August bei. Sie stießen mit ihren Mokkatassen an, die Hélène samt eigener Mokkakanne eigens für den original tunesischen Kaffee mitgebracht hatte.

»Ja, lasst es uns einfach genießen, solange es möglich ist«, stimmte auch Elisabeth ein. Im Stillen hoffte sie, dass es noch ganz lange so wunderschön und friedlich bleiben würde.

KAPITEL 20

Tunis 1914

Sagenhaft, fuhr es August wiederholt durch den Kopf, während er vor dem großzügigen Landhaus des Schweizer Arztes Dr. Jäggi stand und über die weite, vor Hitze flirrende Landschaft Tunesiens blickte. Für Anfang April war es schon beachtlich warm, doch die Nächte konnten eiskalt sein. Langsam senkte sich die rot glühende Sonne Richtung Horizont. Das Licht hüllte die Steppe und die exotischen Pflanzen in ein wohlig warmes Licht.

August schloss die Augen und saugte den Duft der fremden Welt in sich ein. Alles war neu für ihn. Aufregend. Er war froh, dass Elisabeth bereits einmal in Tunesien gewesen war und er ihr deshalb freiheraus all seine Eindrücke und Gefühle schildern konnte, ohne viel erklären zu müssen. Zu lang wären seine Briefe geworden. Denn viel Zeit zum Schreiben in die Heimat blieb ihm nicht. Gemeinsam mit Louis und Paul Klee hatte er eine kleine Rundreise durch das Land geplant. Die beiden waren ebenso begeistert von der Fülle der Eindrücke, den besonderen Farben, Klängen und Gerüchen. Besonders Klee schien aufzublühen. Er malte ein Aquarell nach dem anderen. Er hatte sich von seinen simplen Zeichnungen in Schwarz-Weiß abgewandt und begeisterte sich nun für farbige Flächen und eckige Formen. August spürte, dass diese Reise der Aufbruch in eine neue Zeit ihrer Malerei sein würde. Auch er nahm eine deutliche Veränderung bei der Pinselführung wahr. Viel leichter und freier glitten ihm die Farben über das Papier. Er legte nur noch wenig Wert auf Perspektive in seinen Zeichnungen und Aquarellen. Und doch wirkte am Ende alles ganz harmonisch. Natürlich führte er die Farben zu einer Komposition zusammen. Er war schließlich gelernter Maler und nicht irgendein Kleckser, der sich bloß einbildete, malen zu können. Er hatte das Handwerk von Grund auf erlernt, und dazu besaß er auch noch Talent, wie ihm all seine Freunde andauernd bestätigten. Ohne arrogant oder abgehoben wirken zu wollen, nahm er dieses Lob gerne an. Ein Künstler strebte schließlich nach Anerkennung. Er wollte gesehen werden. Er wollte allen die Schönheit der Welt zeigen, wie er sie sah.

Dafür ging er nun einen Schritt weiter.

Gewohntes überdenken, Neues schaffen, war zu einem Mantra geworden, das er beständig vor sich her murmelte, während er den Pinsel in die Farbe tauchte und die wässrigen Aquarellfarben über das Papier fließen ließ. Die hiesigen Künstler machten dies genauso, und ihren Bildern mangelte es an nichts. Im Gegenteil, sie schienen noch viel lebendiger und vibrierender als realistisch gemalte Darstellungen von Personen und Landschaften. Erst in der Abstraktion konnten die Farben so richtig zu ihrem Recht kommen, miteinander um die Wette leuchten und dem Betrachter ohne Ablenkung auf irgendwelche bestimmten Szenerien direkt ins Herz strömen. Das war es, was er wollte. Seine Gefühle nach außen tragen und andere damit erfüllen.

Er hörte Schritte hinter sich. Paul Klee kam gut gelaunt vom Pool zu ihm herübergelaufen.

»Ist das nicht traumhaft?«, rief er ihm schon von Weitem zu.

»Womit haben wir das verdient?« August lachte und breitete die Arme aus, als wolle er das gesamte Panorama umarmen, das vor ihnen lag.

»Am liebsten würde ich all das in mich aufsaugen wie ein großer dicker Schwamm. Es beflügelt mich so sehr, August! Ich habe heute schon fünf Skizzen und drei kleine Aquarelle gemacht.«

August freute sich, dass sein Freund so produktiv war. Auch er hatte bereits eine beträchtliche Anzahl an Zeichnungen und Aquarellen geschaffen. Was auch wichtig war! Denn Bernhard Koehler, der ihn einmal mehr finanziell unterstützte, erhoffte sich einige der auf dieser Reise entstandenen Werke als kleine Gegenleistung.

»Ich war auch schon fleißig heute«, gab August zurück und lachte Klee zu.

»Sobald wir wieder auf Reisen sind, wird es schwer, sich mit Pinsel und Farbe ans Werk zu machen. Diese Ruhe hier im Landhaus müssen wir noch nutzen.«

»Ja, genau, ganz meine Meinung. Aber ich bin schon gespannt auf Tunis morgen. Soll ja auch sehr beeindruckend sein.«

»Sag mir einen Ort in diesem wundervollen Land, der nicht beeindruckend wäre für uns Nordeuropäer.«

»Da hast du recht«, meinte Paul Klee und strahlte August zufrieden an. »Das war dann wohl eine gute Idee von mir, nehme ich an? Die gemeinsame Reise.« Er kickte ein paar Kieselsteine vor sich her. »Dich inspiriert das Land ebenso wie mich, nicht wahr?«

»Hm?« August war mit seinen Gedanken abgeschweift und hatte seinem Freund nicht richtig zugehört.

»Ich sagte, dich inspiriert diese Gegend hier ebenso wie mich.«

»Ja, das tut sie. All diese neuartigen Eindrücke. Andere Farben. Andere Gerüche. Es ist schier überwältigend. Wenn ich am Abend im Bett liege, schwirrt mir der Kopf. Es gibt so viel zu sehen und zu entdecken. Als ich zu Beginn unserer Reise ein paar Tage in Tunis im *Grand Hotel* war, habe ich schon einen kleinen Ausflug zum Souk gemacht. Also zu den Basaren der Altstadt. Ich sage dir, du wirst Augen machen, wenn du das siehst. Es ist für unsere Begriffe von allem etwas zu viel. Zu eng, zu laut, zu bunt, zu intensiv. Aber wenn man es schafft, das auf die Leinwand zu bringen. Das wäre ein Fest!«

Er blickte auf und konnte das Leuchten in den Augen seines Freundes sehen. Wenn schon die Landschaft hier draußen vor den Toren der Stadt Paul so angeregt hatte, dass er täglich neue Zeichnungen und Aquarelle anfertigte, wie erst würde ihn das bunte Treiben der Stadt inspirieren?

August war gespannt, welchen Einfluss ihr Ausflug haben würde. Auch auf sein eigenes Werk, das, wie er klar und deutlich spürte, an einem entscheidenden Wendepunkt angelangt war. Er fühlte sich an seine Zeit in Paris erinnert, als er durch den Einfluss der Impressionisten endlich gewagt hatte, seine Farbpalette aufzuhellen. Mutig zu sein. Den Ausdruck zu wählen. Und sich nicht weiter hinter den düsteren erdigen Tönen seiner ehemaligen Vorbilder Lehmbruck und Böcklin zu verstecken.

»Schaut nur, die Mädchen da drüben!«

Paul eilte aufgeregt auf Louis und August zu, die sich gerade für eine orientalisch anmutende Öllampe in einen kleinen Unterstand mitten auf dem Souk von Tunis hatten locken lassen und froh waren, als sie wieder Tageslicht erblickten. So spannend es hier war, das Treiben war ihnen nicht ganz geheuer. Suchend blickten sie sich um, in die Richtung, aus der ihnen Paul entgegengekommen war.

An einer hellen Hausfassade standen einige Frauen, als würden sie vor einem Geschäft auf Einlass warten. Doch weit und breit war keine Tür auszumachen. Sie waren alle sehr hübsch zurechtgemacht und trugen traditionelle Gewänder mit mehreren Lagen bunt leuchtender Stoffe.

»Was machen die da?«, wunderte sich August.

Louis lachte laut auf.

»Meine Herren, wollen Sie mir etwa erzählen, Sie hätten noch nichts von dem berühmt-berüchtigten Rotlichtviertel Tunesiens gehört?«

August spitzte die Ohren, während Klee knallrot anlief und irgendetwas Unverständliches stammelte. Damit hatten sie nicht gerechnet.

Was für ein großartiges Motiv!, ging es August plötzlich durch den Kopf. Er zückte seinen Zeichenblock und legte sofort los, eine Skizze anzufertigen. Eine schiere weiße Fläche, darüber der Himmel, einzelne Quadrate, mal heller, mal dunkler schraffiert. Die Straße vor der Hauswand, unterteilt in Dreiecke. Auch hier ein Wechselspiel von heller und dunkler Schraffur. Die Mädchen waren zylinderförmig, wie Sanduhren oder kleine Dreiecke mit Kreis als

Kopf. So, wie er es sah, wenn er aus seiner Entfernung heraus die Augen zusammenkniff. Nur mehr ihre Konturen übernahm er in seine Zeichnung.

Wild ließ er den Stift über das Papier fliegen. Hier noch ein Strich, dort noch eine Schraffur. Vor seinem inneren Auge sah er bereits die Farben, mit denen er das Bild später im Landhaus zum Leben erwecken würde.

KAPITEL 21

Bonn 1914

Willkommen zurück!«

Sophie Gerhardt eilte auf Elisabeth und August zu, als diese gerade aus dem Taxi stiegen, das sie vom Bahnhof direkt vor die Haustür gefahren hatte. Elisabeth roch sofort die vertraute Mischung aus Moschus und Veilchen, während ihre Mutter sie fest an ihre Brust drückte.

»Nun habe ich euch aber doch vermisst!«, rief sie mit vor Aufregung rotglühenden Wangen und wischte sich lachend ein paar Freudentränen aus dem Gesicht. Danach herzte sie August und die beiden Enkelsöhne, die mit Anni in einem zweiten Taxi gefolgt waren.

»Die frische Luft am Thunersee hat euch sichtlich wohlgetan. Aber ihr seid sicher hungrig von der langen Fahrt, nicht wahr? Ich habe uns eine deftige Gulaschsuppe gekocht. Das wird euch stärken. Kommt herein!«

Elisabeth drehte sich der Magen um. Obwohl sie die Suppen ihrer Mutter sehr schätzte, war ihr im Augenblick überhaupt nicht nach einer so schweren Mahlzeit. Zudem war es ziemlich stickig und schwül. Der Sommer in der Stadt war immer etwas anstrengend, und zu gerne wäre sie mit August und den Kindern noch etwas länger in Hilterfingen am Thunersee geblieben. Aber die unsichere politische Lage in Europa und zuletzt das tödliche Attentat auf den österreichisch-ungarischen Thronfolger Franz Ferdinand und dessen Frau hatten sie dazu bewogen, früher als geplant nach Bonn zurückzukehren.

Schweren Herzens, denn Elisabeth hatte sich schon sehr auf den Juli am See gefreut. Aber August hatte sich nach einer kurzen Phase der Trauer recht schnell auf die neue Situation eingestellt und befand für sich, dass er in Bonn ja auch endlich sein richtiges Atelier wieder beziehen konnte, wo er vermutlich gar nicht mehr herauskommen würde, so viele Ideen schwirrten ihm im Kopf umher. Er hatte ja auch noch all die Bilder von seiner Tunisreise im Kopf. Zudem die zahlreichen Motive des Thunersees, der Stadt, der Gassen und Marktstände. Und die vielen Spaziergänge im Park, wo er keine Gelegenheit ausgelassen hatte, sich auf einer kleinen Bank niederzulassen, die Menschen ringsherum zu beobachten und mit flinken Bleistiftstrichen auf dem Papier einzufangen.

Elisabeth war froh, dass ihr Mann immer das Positive aus einer Situation herauszuziehen vermochte. Ganz unbewusst hatte er sie mit dieser Art schon oft vor einer grüblerischen Phase bewahrt. In seiner Gegenwart konnte man einfach nicht traurig sein.

Dennoch bereitete ihr die aktuelle Situation Kopfzerbrechen. Es sah ganz danach aus, als würde Deutschland geradewegs in einen Krieg hineinsteuern. Vor allem unter den jüngeren Menschen herrschte bereits Aufbruchstimmung. Viele meldeten sich freiwillig zum Militär und wollten für ihr Vaterland kämpfen, falls es hart auf hart kam. Bei dem Gedanken, August auf einem Schlachtfeld stehen zu sehen, wurde ihr flau im Magen. Er war feinfühlig, sensibel und viel zu verspielt, als dass er einen Krieg ernsthaft überstehen könnte. Nicht mental und auch nicht körperlich. Wenn sie mitten in der Nacht neben ihm aufwachte, war ihr erster Gedanke: *Wie lange noch?*

Mehr als einmal hatte sie ihn in ihren Träumen von Kugeln durchsiebt im Schützengraben liegen sehen. Schweißgebadet war sie dann zu ihrem kleinen Wolfgang ins Zimmer gelaufen, hatte ihn aus seinem Körbchen gehoben und fest an ihre Brust gedrückt.

Womit hätte dieser kleine Kerl es verdient, ohne Vater aufwachsen zu müssen? Und ihr Walter hing doch so an seinem Papa. Natürlich dachte sie auch an sich. Was sollte sie ohne August nur machen? Er war doch die Liebe ihres Lebens.

Klappernd stellte Elisabeth das Kaffeegeschirr neben der Spüle ab und atmete tief durch. Lothar war gekommen, um ein letztes Mal gemeinsam mit ihr und August beisammenzusitzen, bevor August nach Frankreich würde aufbrechen müssen. Vor wenigen Stunden hatte er den Marschbefehl erhalten. Der Kaiser hatte den Eintritt des Deutschen Reichs in den Krieg erklärt. Ihre schlimmsten Befürchtungen waren eingetreten. Wieder und wieder versuchte Elisabeth, sich zu beruhigen. Sie sagte sich, dass alles gut gehen und August unversehrt zurückkehren würde. Doch tief in sich hörte sie eine Stimme, die das Schrecklichste verkündete, was sie sich vorstellen konnte.

August wirkte nervös. Fahrig. So hatte sie ihn noch nie zuvor erlebt. Und auch sie selbst fühlte sich ungeordnet und neben sich stehend. Um die Kinder konnte sie sich dieser Tage kaum kümmern. Zum Glück hatte sie Anni an ihrer Seite, die ihr einen großen Teil der Arbeit im Haushalt abnahm. Aber was sollte sie anstellen mit der übrigen Zeit? Meist saß sie auf dem Sofa und starrte aus dem Fenster. Oder sie hatte ein aufgeschlagenes Buch auf dem Schoß, dessen Inhalt ihr ganz und gar nicht in den Kopf gelangen wollte. Ihre Gedanken waren wirr, eine zähe Masse von Ängsten und Sorgen, die sie nachts um den Schlaf brachten.

Eilig holte sie die Gläser aus dem Schrank und die schmale Flasche mit dem guten Obstbrand, den ihr die Moilliets bei ihrem Abschied aus Hilterfingen geschenkt hatten. Auf die Hiobsbotschaft brauchten sie alle erst einmal einen Schnaps. Den Kuchen und Kaffee, den Anni in liebevoller Manier für sie angerichtet hatte, hatten sie kaum herunterbekommen.

Elisabeth stellte die Gläschen zusammen mit der Flasche auf ein Silbertablett und wollte schnell zurück ins Wohnzimmer eilen. Da passierte es. In ihrer Fahrigkeit stieß sie gegen den Türpfosten, und das gesamte Tablett flog scheppernd zu Boden. Es krachte und klirrte gewaltig. Die Flasche mit dem Obstbrand war zum Glück heil geblieben. Schwer rollte sie über den Dielenboden, bis sie an der Türschwelle zum Liegen kam. Die goldgelbe Flüssigkeit darin waberte unruhig umher. Aber die Gläser waren alle zerbrochen. Ein einziger Scherbenhaufen.

Glück und Glas, wie leicht bricht das, ging es Elisabeth unwillkürlich durch den Kopf.

August und Lothar eilten herbei und halfen ihr schweigend, das Malheur zu beseitigen. Vermutlich dachten sie in diesem Augenblick alle das Gleiche. Keiner wagte es, den anderen anzusehen. Niemand sprach ein Wort.

Erst viel später, als sie sich von Lothar verabschiedeten, wurde August noch einmal deutlich.

»Also, Lothar, ich vermache dir die Lisbeth, die Kinder und alles«, meinte er mit einem leichten Ton von Bitterkeit in der Stimme an seinen besten Freund gewandt.

Elisabeth wurde übel.

»August, so etwas sagt man doch nicht einfach so!«, stammelte sie entsetzt. Und um der Situation den Ernst zu nehmen, fügte sie hinzu: »Außerdem weißt du doch gar nicht, ob es ihm recht ist und ob es überhaupt schön für ihn ist.« Aber die beiden Männer warfen sich nur einen vielsagenden Blick zu, und Elisabeth wusste, dass August bereits für den schlimmsten aller Fälle vorgesorgt hatte. Ganz ruhig drehte er sich zu ihr um, blickte ihr tief in die Augen und gab ihr dann einen leidenschaftlichen Kuss. So, als sollte diese Berührung für immer in ihrer Erinnerung bleiben. Als das Schönste, was ihre Lippen je hatten fühlen dürfen.

Elisabeth stand am Fenster von Augusts Atelier unter dem Dach und schaute auf die graue nasse Straße vor ihrem Haus hinunter. Der Herbst hatte seit ein paar Tagen Einzug gehalten und den sonst so lieblichen Oktober in eine nasse schaurige Angelegenheit verwandelt.

Tränen liefen ihr über das Gesicht, während sie an die

glücklichsten aller Tage im Paradies am Thunersee dachte. Dass es so schnell vorbei sein würde, ihre gemeinsame Zeit mit August. Sie hätte es nicht gedacht. In Hilterfingen war ihr Leben so leicht und unbeschwert gewesen. Nichts hatte ihr gemeinsames Glück trüben können. Und August hatte so viel erschaffen. So viele Werke waren entstanden, die nun alle unter weißen Laken im dunklen Atelier standen und darauf warteten, dass ihr Meister zurückkehren würde.

Sie dachte daran, was sie noch alles zusammen vorgehabt hatten, nachdem August Ende April glücklich und zufrieden aus Tunis wiedergekehrt war. Er hatte einen schier unendlichen Fundus an Zeichnungen, Skizzen und kleineren Aquarellen mitgebracht. Und er hatte gar nicht mehr aufhören können, von den Farben und Gerüchen zu schwärmen, die das Leben dort prägten. Von der wärmenden Sonne und den köstlichen Speisen. Er hatte ihr helles Nougat mit Honig und Datteln mitgebracht, einen bunt bestickten Schal und jede Menge Fläschchen mit seltenen Gewürzen, von denen eines besser duftete als das andere.

»Zum Glück warst du auch schon dort, Elisabeth«, hörte er nicht auf zu betonen. »Wie hätte ich dir sonst all die Wunder mit Worten beschreiben können?«

»Mal diese Wunder, August! Du musst unbedingt malen, was du gesehen hast. All deine Zeichnungen und Skizzen – sie sind wundervoll. Aber versuche, sie auf die große Leinwand zu bringen. Und mit Farben zum Leben zu erwecken«, hatte Elisabeth ihn zu einem erneuten Schaffensrausch ermuntert.

»Du hast recht. Ich mache mich gleich ans Werk!«

Wie ein Kind war er in sein Atelierzimmer gestürmt und hatte sich dort verbarrikadiert. Nicht einmal zu den gemeinsamen Mahlzeiten hatte Elisabeth ihn herauslocken können. Aber sie wusste, dass es eine Phase war, die er brauchte. Und natürlich war sie auch gespannt auf seine Bilder. Sie konnte sich nur noch schemenhaft an ihre Reise nach Tunis erinnern. Es waren seitdem fast zehn Jahre vergangen, und so viel Neues war geschehen.

Damals hatte sie August gerade erst kennengelernt. Ein Lächeln huschte ihr über das Gesicht, als sie an den gemeinsamen Nachmittag im verwunschenen Garten des Obernier-Museums dachte. Dort hatte sie ihm von Tunesien berichtet. Und kurz darauf hatte er sie zum ersten Mal geküsst. Noch immer fing es an, heftig in ihrem Bauch zu kribbeln, wenn sie sich an diesen Moment erinnerte.

Dass sie eines Tages mit diesem ihr von Anfang an so vertrauten Mann verheiratet sein und zwei wundervolle Kinder haben würde, hatte sie sich damals, mit fünfzehn Jahren, nicht träumen lassen. Es war gut so, wie es gekommen war. Sie hatten viele wunderschöne Momente gehabt.

Die Hochzeitsreise nach Paris, die erste gemeinsame Bleibe am Tegernsee, dann diese wunderschöne Wohnung in Bonn, die ihre Mutter liebevoll hatte ausbauen lassen, all die großartigen Freunde und Weggefährten, die sie in den letzten Jahren begleitet hatten – Emma und Fried, Lothar, Louis und Hélène Moilliet, die Schmidtbonns, Maria und Franz Marc, Gabriele Münter und Wassiliy Kandinsky, Paul Klee. Und natürlich Walter und Wolfgang, ihre zwei Sonnenscheine, das fleischgewordene Zeichen ihrer unerschütterlichen Liebe.

Und jetzt dieser Schmerz.

Wie konnte das alles nur so schnell zu Ende sein?, ging es Elisabeth wieder und wieder durch den Kopf.

Sie ließ ihren Blick durch den Raum schweifen. Viele Leinwände standen abgedeckt unter weißen Tüchern an der Wand aufgereiht. Einige waren wohl noch nicht ganz trocken gewesen, als August das Atelier zum letzten Mal betreten hatte. Sanft zog Elisabeth die Laken auch über ihr Antlitz, damit die nun getrocknete Ölschicht keinen Staub auffing. Ihr Blick fiel auf das Bild, das noch auf der Staffelei stand. Offenbar das Letzte, an dem August gearbeitet hatte. Es war nicht ganz fertig geworden.

Ein Schauer lief ihr über den Rücken. Schwarz und düstere Brauntöne dominierten das Gemälde. Es handelte sich um eine Gruppe Menschen, dicht beieinanderstehend und doch seltsam einsam und isoliert. Von den meisten waren nur die Silhouetten erkennbar. Doch ein paar Figuren im Vordergrund blickten dem Betrachter frontal entgegen. Zumindest hatte es beim ersten Hinsehen den Eindruck. Wenn man jedoch genauer hinblickte, erkannte man, dass die Personen keine Gesichter hatten, stattdessen leere fleischfarbene Flecken, die sich kurz aus der düsteren Masse abhoben, bevor sie wieder mit dem fürchterlichen Einerlei an tristen Farben verschmolzen.

Unwillkürlich musste Elisabeth an das Bild der Mädchen auf einer Brücke von Edvard Munch denken, das sie in der Sonderbundausstellung in Köln gesehen hatte. Auch dort hatte eine der Figuren dem Betrachter sein nacktes leeres Gesicht zugewandt. Und obwohl Munchs Farben leuchtend und kräftig gewesen waren, hatte es auf sie eine ähnliche Wirkung gehabt wie dieser Anblick jetzt hier in Augusts Atelier.

Er hat es gewusst, ging es ihr durch den Kopf.

Dann konnte sie ihre Tränen nicht länger zurückhalten. Alles verschwamm vor ihren Augen, und unter heftigem Schluchzen sank sie auf ihre Knie.

Wo auch immer du jetzt bist, August, sei gewiss, ich werde auch den Rest meines Lebens für dich da sein, du bist meine große Liebe, du bist mein Leben, richtete sie das Wort innerlich an August. Dann wischte sie sich die Tränen gründlich fort, atmete tief durch und kehrte zu ihrer Familie in das beleuchtete Wohnzimmer zurück.

Alle hatten sich versammelt, schwarz gekleidet mit traurigen Mienen und hängenden Köpfen, ungläubig angesichts dessen, was sie vor wenigen Stunden erfahren hatten. Sie alle wollten nun nicht allein sein, in dieser schweren Zeit, in der sie um ihren geliebten, im Krieg gefallenen August trauern mussten.

EPILOG

Bonn 1967

Leise verhallen die Schritte im Raum. Elisabeth ist am Ende des Ausstellungsrundgangs angekommen. Müde lässt sie sich auf eine Bank sinken, die in der Mitte des kleinen, in Dunkelrot gestrichenen Zimmers steht. Die Ausstellung hat sie angestrengt. Nicht nur körperlich – sie ist schließlich auch nicht mehr die Jüngste. Vor allem seelisch und mental ausgezehrt fühlt sie sich. Die schnelle Reise durch die wohl glücklichste Zeit ihres Lebens, an der Seite ihres geliebten Augusts hat sie erschöpft.

Sie lässt ihren Blick durch den letzten Raum schweifen. Hier hängen keine Bilder an den Wänden. Es herrscht eine ruhige, gedämpfte Atmosphäre. Und doch fühlt sie sich ihrem August hier am nächsten. Noch einmal rafft sie sich auf und tritt schweren Schrittes an einen der gelblich erleuchteten Schaukästen heran, die die Wände säumen. Vergilbtes Papier. Kleine Kärtchen mit Eselsohren und Flecken. Skizzen, Zeichnungen und unendlich viel Text. Schwarze Tinte auf gelbem Grund.

Augusts Briefe und Postkarten.

Augusts Worte.

Hier hört sie seine Stimme. Spürt seinen Atem. Hier fühlt sie die Sehnsucht, die sie stets erfüllte, wenn August wieder auf einer seiner Reisen war, um Neues zu entdecken, das er dann sofort in sein Werk einfließen ließ. Ihre Liebe war so groß gewesen, dass sie ihn hatte ziehen lassen. Und stets hatte er ihr etwas von seiner Reise mitgebracht. Aber vor allem zwischendurch hatte er sie daran teilhaben lassen durch all die kleinen Schriftstücke.

Sie senkte ihren Blick und las:

Es ist die Wahrheit, daß unsere Liebe eine wunderbare, ja eine einzige ist. Ich für meinen Teil bin der festen Überzeugung, daß nichts mich von der Treue, die ich Dir geschworen, abbringen kann.

Versonnen blickt Elisabeth auf das Datum des Briefs – 3. November 1904. Wie frisch ihre Liebe dort noch gewesen war. So klar und rein.

Sag Du, ich hätt jetzt Lust, mal so richtig mit Dir rumzutollen, weißt Du wie damals, als wir nach Starnberg gingen. Bei den Hüften möchte ich Dich fassen und hoch in die Luft werfen, dann Dich wieder auffangen und Dich vor Freude immer umananda drehen, bis daß wir alle beide ganz dammich würden und hinfielen, und dann würde ich Dich küssen, so heiß und so wild wie damals.«

Elisabeth seufzt. Diese Zeilen hatte August ihr aus Oberkassel geschickt, als er bei den Schmidtbonns wohnte und an der Akademie in Düsseldorf studierte. Wie sehr sie sich doch in dieser Zeit vermisst hatten! Und doch war er nie wirklich fort gewesen. Immerzu hatten sie sich geschrieben. So war die Zeit schnell vergangen bis zu ihrem nächsten Wiedersehen.

Elisabeth dreht sich um. Sie ist vollkommen allein in dem kleinen Raum. Ruhig geht sie hinüber zum nächsten Schaukasten und senkt erneut ihren Blick.

Ich weiß bestimmt, daß ich Dich, mein zweites Ich, nie auf dieser Erde wiederfinde, und Du wirst auch mich vergebens zum zweiten Male suchen.

Ein Brief aus dem Januar 1905.

Die Worte gehen ihr auch nach all den Jahrzehnten, die seither vergangen sind, immer noch direkt ins Herz. Sie kann sich lebhaft daran erinnern, wie sie als junges Mädchen dagestanden und jeden einzelnen Buchstaben in sich aufgesogen hat. Mit zittrigen Händen und klopfendem Herz. Wartend darauf, dass ihr Liebster sie ganz bald wieder in den Arm nehmen und ihr ebenjene Worte sanft ins Ohr flüstern würde. Und so war es auch immer gewesen. Immer war August zurückgekehrt. Glücklich, zufrieden und voller neuer Eindrücke, die er auf seinen vielen Reisen gesammelt hatte.

Elisabeths Atem geht schwer. Zu alt ist sie mittlerweile, um lange stehen zu können. Zu viel hat sie erlebt, um all das auf einen Schlag noch einmal durchleben zu können. Sie geht zurück zu der kleinen Bank in der Mitte des Raumes und setzt sich.

Langsam schlägt sie die Beine übereinander. Faltet die Hände im Schoß, wie zum Gebet. Sie schließt die Augen und seufzt noch einmal tief.

Im Grunde fühlte es sich so an, als sei August dieses Mal auf einer besonders langen Reise. Und bald würde er wieder vor ihr stehen, wie damals, und sie anstrahlen und rufen: »Da bin ich wieder, Lisbeth! Komm in meine Arme!«

NACHWORT

Mit dem frühen Tod August Mackes, der am 26. September 1914 in einem Gefecht bei Verdun in der Champagne ums Leben kam, endete eine noch ganz am Anfang stehende und doch so vielversprechende Künstlerkarriere. Viele Malerkollegen von Macke, darunter Franz Marc und Paul Klee, würdigten sein Werk. Sie hoben sein Talent für die Harmonie der Farben heraus. Sein Gespür. Seinen Feinsinn in der Zusammenstellung und Komposition von Formen und Farben.

Und stets betonten sie, welch lebensfroher Mensch August gewesen war. Seine positive Einstellung strahlte auf seine Werke ab und gab ihnen das Leuchten, das nur wenigen Kunstwerken zuteilwird. Denn neben dem Talent, das ein Maler zweifelsohne besitzen muss, ist immer auch die Seele eines jeden Künstlers das, was sein Gesamtwerk formt.

Bei August Macke kam alles zusammen. Wie reich wäre

sein Œuvre geworden, hätte der Krieg ihn nicht mit siebenundzwanzig Jahren aus dem Leben gerissen.

Die tiefe Liebe zwischen August und Elisabeth hingegen ist daran nicht zerbrochen. Ganz im Gegenteil. Die Porträts von Elisabeth zeugen bis heute von der Kraft und Intensität dieser besonderen Verbindung. In den Kunstwerken sind die Gefühle, die der Maler seiner Frau, Muse und treuen Weggefährtin gegenüber hatte, für immer festgehalten. Die Bilder haben zwei Weltkriege, die Diktatur des Nationalsozialismus sowie eine schwere Wirtschaftskrise überdauert. Behütet, gehegt und gepflegt von Elisabeth Erdmann-Macke, die sich gleich nach dem Tod ihres geliebten Malers an die Aufarbeitung des Nachlasses machte und es auf diese Weise ermöglicht hat, tiefe Einblicke in sowohl das malerische Œuvre Mackes als auch in sein privates Leben zu erhalten.

Elisabeth heiratete, wie August es sich gewünscht hatte, Lothar Erdmann zwei Jahre später, am 9. September 1916. Kurz bevor dieser wieder in den Krieg ziehen musste. Sie sahen sich recht schnell wieder, da Lothar infolge eines schweren Nervenzusammenbruchs frühzeitig heimkehrte. Nach seiner Genesung arbeitete er auf einem wichtigen Posten in Holland, der ihn zwar fünf Jahre lang von Elisabeth trennte, ihn jedoch auch vor einem erneuten Kriegseinsatz bewahrte. Die beiden bekamen später drei Kinder, zwei Jungen und ein Mädchen. Auch um Walter und Wolfgang, die beiden Söhne Augusts, kümmerte sich Lothar wie ein leiblicher Vater.

Elisabeth musste im Laufe ihres Lebens mehrere Schicksalsschläge ertragen. Nach Augusts Tod starb 1927 ihr ältester Sohn Walter mit gerade einmal siebzehn Jahren an Scharlach. Und auch Lothar wurde Elisabeth wieder entrissen. Bei den Nationalsozialisten galt er in seiner Position als Journalist und Gewerkschaftler als Widerständler und wurde 1939 im KZ Sachsenhausen brutal ermordet.

So war Elisabeths Leben auf der einen Seite durchzogen von Verlusten. Auf der anderen Seite bot es ihr eine Fülle an wunderschönen Momenten, von denen sie trotz der kurzen Zeit die meisten mit August gemeinsam erlebte. Sie war auch nach seinem Tod weiterhin für ihn da, hegte und pflegte sein Gesamtwerk und rettete viele Bilder vor den Nationalsozialisten. Nur so konnte der optische Beweis dieser tiefen Liebe und Verbundenheit zwischen ihr und August all die Jahre überdauern.

Als Grundlage für diese Geschichte dienten mir Elisabeths Aufzeichnungen über diese gemeinsame Zeit in dem kleinen Büchlein »Erinnerungen« sowie ihre Tagebücher, die 2021 in einer gesammelten Ausgabe im Kepler Verlag erschienen sind.

Und dennoch, dieser Roman ist und bleibt eine Geschichte. Eine Ahnung von dem, was war. Ein Aufflammen alter Gefühle in Worten, Formen und Farben, die alle Zeit überdauern werden.

DANKSAGUNG

Die Idee zu diesem Roman kam mir an einem regnerischen Herbstnachmittag vor nunmehr fast acht Jahren. Ich hatte gerade meine erste Stelle als Volontärin in einem Kölner Auktionshaus begonnen und war von der ersten Sekunde an in den betriebsamen Arbeitsalltag eingebunden. Die wichtigen Herbstauktionen standen kurz bevor. Kunstwerke wurden angeliefert, Räume dekoriert, letzte Informationen eingeholt. Und über allem lag die Hoffnung, dass es wieder einige hochpreisige Highlights geben würde, von denen die Zeitungen berichten konnten. Gespannt machte ich mich an die Arbeit. Sortierte Losnummern, recherchierte Provenienzen und schrieb Katalogbeiträge. Da stieß ich plötzlich auf dieses besonders zarte Aktporträt einer jungen Frau. Der rosafarbene Hintergrund und die schillernde Farbpalette, mit der die schiere, glatte Haut der Figur ausgearbeitet worden war, faszinierten mich sofort. Darüber musste ich mehr in Erfahrung bringen. Es war eine Überraschung, als ich sah, dass es von keinem geringeren als August Macke gemalt worden war. Mit Macke hatte ich mich schon während meines Studiums intensiv beschäftigt. Seine Malerei und seine Lebensgeschichte faszinierten mich. Und wie ich so dasaß, der kalte Novemberregen peitschte gegen die Scheiben, und draußen war es bereits wieder dunkel, obwohl der Tag doch gerade erst begonnen hatte, nahm ich mir vor, dieses Bild Teil meines eigenen Werkes werden zu lassen. Ganz gleich, ob es nach der Auktion in irgendeinem Privathaushalt, Safe oder Zollfreilager landen würde. Durch das Buch würde es weiterhin seiner tatsächlichen Bestimmung folgen und den Menschen eine Geschichte erzählen können – die Geschichte von der Unausweichlichkeit von Liebe.

Dafür, dass er von Anfang an hinter mir und dieser Geschichte stand, bin ich meinem Agenten Dirk Meynecke zutiefst dankbar. Er hat mich in zahlreichen Telefonaten und E-Mails darin bestärkt, diesen Weg zu gehen und die außergewöhnliche Liebesgeschichte von Elisabeth und August Macke aufzuschreiben.

Darüber hinaus möchte ich dem Aufbau Verlag – und hier besonders Reinhard Rohn – für das entgegengebrachte Vertrauen danken und dass er an das Projekt geglaubt und einer jungen Autorin auf diese Weise den Einstieg in ihren Traumberuf ermöglicht hat. Auch als Lektor war er mir neben der wunderbaren Constanze Bichlmaier eine wertvolle Unterstützung in all der Zeit.

Nicht vergessen möchte ich die lieben Freunde um mich herum, die es akzeptiert haben, dass ich lange Zeit nicht über das Projekt sprechen konnte und doch nichts anderes mehr im Kopf hatte. Und in diesem Zusammenhang besonders meinen Eltern, die mich aufgefangen und unterstützt haben, wenn der Schreibprozess mich besonders herausgefordert hat. Ihr habt mir den Boden geebnet, auf dem ich meine Flügel ausbreiten und losfliegen konnte. Und dafür danke ich Euch aus tiefstem Herzen.

Eine Person fehlt noch in dieser Auflistung. Sie wird es leider nicht mehr selber lesen können, und doch weiß ich, dass sie immer hinter mir stand und mich auch weiterhin begleiten wird. Meine Oma Eleonore Moor, die wohl stärkste und selbstbewussteste Frau, die ich je kennen lernen durfte und die mir vorgelebt hat, dass alle Träume wahr werden können, wenn wir den Mut haben ihnen zu folgen.

BIBLIOGRAPHIE (EINE AUSWAHL)

Greiner, Margret, Mutig und stark alles erwarten, Elisabeth Erdmann-Macke, Leben für die Kunst, München, 2022

Erdmann-Macke, Elisabeth, Tagebücher, Mai 1905 – März 1948, Hrsg. Margarethe Jochimsen, Hildegard Reinhardt, Bielefeld/ Berlin, 2021

August und Elisabeth Macke, Der Maler und die Managerin, Hrsg. Tanja Pirsig-Marshall, Anna Luisa Walter, LWL-Museum für Kunst und Kultur Münster, Leipzig, 2021

Poppe, Birgit, Eine himmelstürmende Liebe, August Macke und seine Frau Elisabeth, Berlin, 2013

Erdmann-Macke, Elisabeth, Begegnungen, Hrsg. Margarethe Jochimsen, Hildegard Reinhardt, August Macke Haus Bonn, Bielefeld/ Berlin, 2009

Reinhardt, Hildegard, August und Elisabeth Macke, Spuren ihrer Beziehung, In: Mein zweites Ich, August und Elisabeth Macke, Schriftenreihe des Vereins August Macke Haus e. V. Nr. 56., Bonn, 2010

Gabelmann, Andreas, Mein zweites Ich, Die Elisabeth-Porträts von August Macke, In: Mein zweites Ich, August und Elisabeth Macke, Schriftenreihe des Vereins August Macke Haus e. V. Nr. 56., Bonn, 2010

Erdmann, Dietrich, Elisabeth, Erinnerungen an meine Mutter, In: Mein zweites Ich, August und Elisabeth Macke, Schriftenreihe des Vereins August Macke Haus e. V. Nr. 56., Bonn, 2010

Marks-Hanßen, Beate, Begabung zur Komik, August Macke, Humoristische Zeichnungen und Karikaturen, In: August Macke, Humoristische Zeichnungen und Karikaturen, Schriftenreihe des Vereins August Macke Haus e. V. Nr. 51., Bonn, 2010

Dering, Peter, Kontemplation und Glück, Zu einigen Themengruppen im Oeuvre von August Macke, In: Kontemplation und Glück, August Mackes Menschenbild, Schriftenreihe des Vereins August Macke Haus e. V. Nr. 32, Bonn, 2000

Adolphs, Volker, August Macke und das gefährdete Glück, In: Kontemplation und Glück, August Mackes Menschenbild, Schriftenreihe des Vereins August Macke Haus e. V. Nr. 32, Bonn, 2000

Erdmann-Macke, Elisabeth, Erinnerung an August Macke, Fischer Taschenbuch Verlag, Frankfurt am Mai, 1987

Kandinsky, Wassily, Marc, Franz, Der Blaue Reiter, München, 1914

Internetseiten (eine Auswahl):

August-Macke-Haus.de, Ewers-Schultz, Ina, August Macke, Leben und Werk, Museum August Macke Haus Bonn, 2023

LWL-Museum-Kunst-Kultur.de, August und Elisabeth Macke, Der Maler und die Managerin, LWL-Museum für Kunst und Kultur, Münster, 2021

Youtube.com, Engelmann, Bernt, Wunderlich, Gisela, Jenseits der Bilder, August Macke und Franz Marc, Eine Künstlerfreundschaft, Dokumentation Deutschland 2016, BR-Alpha 04. 03. 2016

Lenbachhaus.de, Adolphs, Volker, August Macke und Franz Marc, Eine Künstlerfreundschaft, Blog, Lenbachhaus München, 2015

NACHWEIS DER ZITATE

Kapitel 6: »... *Nachmittags liegen wir gewöhnlich auf dem Lido* ...«

August Macke an Elisabeth Gerhardt, Venedig, 8. April 1905, zit. nach: Poppe, Birgit, Eine himmelstürmende Liebe, August Macke und seine Frau Elisabeth, Berlin, 2013, S. 31

Kapitel 8: »... *Liebste Lisbeth* ...«

August Macke an Elisabeth Gerhardt, Oberkassel, 12. Mai 1905, zit, nach: Poppe, Birgit, Eine himmelstürmende Liebe, August Macke und seine Frau Elisabeth, Berlin, 2013, S. 32

Kapitel 12: »... *Wenn Sie schlapp werden und murksen* ...«

Erdmann-Macke, Elisabeth, Erinnerung an August Macke, Frankfurt am Mai, 1987, S. 111

Kapitel 17: »... *Ein sonniger Tag, ein trüber Tag* ...«

Kandinsky, Wassily, Marc, Franz, Der Blaue Reiter, München, 1914, S. 21–26

Kapitel 21: »... *Also, Lothar, ich vermache dir die Lisbeth,* ...«

Erdmann-Macke, Elisabeth, Erinnerung an August Macke, Frankfurt am Mai, 1987, S. 320

Epilog: »... *Es ist die Wahrheit, daß unsere Liebe eine wunderbare, ja eine einzige ist. ...*«

August Macke an Elisabeth Gerhardt, Düsseldorf, 3. November 1904, zit. nach: Poppe, Birgit, Eine himmelstürmende Liebe, August Macke und seine Frau Elisabeth, Berlin, 2013, S. 11

»... *Sag Du, ich hätt jetzt Lust mal so richtig mit Dir rumzutollen, ...*«

August Macke an Elisabeth Gerhardt, Bonn-Oberkassel, Oktober 1905, zit. nach: Poppe, Birgit, Eine himmelstürmende Liebe, August Macke und seine Frau Elisabeth, Parthas Verlag Berlin, Berlin, 2013, S. 24

»... *Ich weiß bestimmt, daß ich Dich, mein zweites Ich, nie auf dieser Erde wiederfinde, und Du wirst auch mich vergebens zum zweiten Male suchen.*«

August Macke an Elisabeth Gerhardt, Düsseldorf, 17. Januar 1905, zit. nach: Poppe, Birgit, Eine himmelstürmende Liebe, August Macke und seine Frau Elisabeth, Berlin, 2013, S. 132

LESEPROBE

HEIDI REHN
Die Frau des
BLAUEN
REITER
ROMAN
Kunst ist ihre
Leidenschaft,
Franz Marc die Liebe
ihres Lebens
atb

PROLOG

Berlin, Weihnachten 1902

»An die Münchner Damenakademie willst du jetzt noch? Hast du inzwischen nicht lange genug für deine Malerei studiert?«

Philipp Franck runzelte konsterniert die hohe Stirn. Seine buschigen weißen Augenbrauen wie auch die Lippen zwischen Schnauzer und Spitzbart am Kinn setzten die geschwungenen Linien faszinierend parallel fort. Ein ausdrucksstarkes Mienenspiel! Es juckte sie in den Fingern, zu Stift und Papier zu greifen, um das festzuhalten. Leider war das jetzt jedoch nicht der Moment, zu zeichnen.

Als sie dem Vater stattdessen ihre Pläne ausführlicher erläutern wollte, kam ihr die Mutter in vorwurfsvollem Ton zuvor. »Erst warst du an der Königlichen Kunstschule, dann im Damenatelier von Karl Storch. Ganz zu schweigen von deinen diversen Freiluftmalkursen in Holstein in den vergangenen Sommern …«

»Damit sollte es genug sein«, unterbrach der Vater sie und schenkte Maria ein vermutlich aufmunternd gemeintes Lächeln. Auf sie wirkte es jedoch eher mitleidig. »Deine Bilder sehen doch schon sehr ordentlich aus.«

»Schon sehr ordentlich« – eine schallende Ohrfeige! Ihr blieb die Luft weg. Doch was hatte sie erwartet? Sie wusste ja, wie wenig ihre Familie mit dem anfangen konnte, was sie tat und was ihr am Herzen lag. Malen zu wollen, war in deren Augen ungeheuerlich. Künstlerin werden zu wollen, erst recht. Hieß das nicht, sein Innerstes nach außen kehren, Einblick in sein Denken gewähren, sich selbst wichtig nehmen, gar offen für jedermann zur Schau stellen? Und das obendrein als Frau? Inständig mahnten sie sie zu mehr Zurückhaltung, wie es sich ihrer Ansicht nach für eine Tochter aus gutem Haus gehörte.

Dieses Mal aber würde sie nicht aufgeben. Dieses Mal würde sie kämpfen, bis sie ihren Willen durchgesetzt hatte. Sie musste malen. Sie musste Künstlerin werden. Und deshalb musste sie nach München. An die Damenakademie. Daran führte kein Weg vorbei. Entschlossen ballte sie die Fäuste.

Sie saßen am Mittagstisch im Speisezimmer der Direktorenwohnung im zweiten Geschoss der Preußischen Boden-Kredit-Aktienbank Berlin, unweit des Prachtboulevards Unter den Linden. Würziger Tannenduft vermischte sich mit feiertäglichem Essensdunst, satte Schläfrigkeit legte sich über die Gemüter. In der Hoffnung, es wirkte sich positiv auf die Entscheidung der Eltern aus, hatte Maria genau diesen Zeitpunkt gewählt, um ihre Bitte vorzutragen. Und jetzt das!

»Vor allem dein ›toter Erpel kopfüber an der Wand‹ sticht schon sehr ordentlich aus deinen Werken heraus. Sehr lebensecht.« Süffisant schmunzelnd schob ihr drei Jahre jüngerer Bruder Wilhelm mit der Spitze des Messers die Entenbratenreste auf dem Teller hin und her, wobei das Silber auf dem Porzellan schrill quietschte.

»Es reicht!«

Die Mutter knüllte die Damastserviette zusammen und bedachte ihren Sohn mit einem mahnenden Blick. Folgsam legte er das Messer auf den Teller zurück. Sie bedeutete dem Dienstmädchen, abzuräumen und die Nachspeise zu servieren.

Maria beobachtete, wie die großen, schweren Teller, Schüsseln und Saucieren vom Tisch verschwanden und kristallene Dessertschalen sowie dunkler Schokoladenpudding mit warmer Vanillesauce auf einer weißen Porzellanplatte aufgetragen wurden. Der Vater schenkte Likörwein dazu aus, den die schräg durch die hohen Fenster einfallende Wintersonne golden funkeln ließ. Was für ein Motiv für ein Stillleben! Zu gern hätte Maria wenigstens das jetzt auf ihrem Skizzenblock festgehalten. Es brannte ihr förmlich unter den Nägeln. Ständig stieß sie im Alltags- und Familienleben auf interessante Motive, die sie später in Öl ausführte. Letztlich war sie immer in Gedanken bei ihrer Malerei. Als »überspannt« und »verrückt« pflegten die Eltern und der Bruder sie deshalb zu bezeichnen, dabei hatte sie nur etwas gefunden, wofür sie brannte. Seit frühester Jugend schon.

Der erlegte Enterich vor der Holzwand war ihre Abschlussarbeit an der Königlichen Kunstschule gewesen. »Realitätsgetreu und sicher in der Formgebung« hatte die Beurteilung im Zeugnis gelautet. Sieben Jahre lag das zurück. Danach hätte sie, obwohl gerade erst neunzehn, bereits als Zeichenlehrerin arbeiten können. Ein konkretes Angebot aus Leipzig hatte sie sogar schon gehabt. Mit ausdrücklicher Billigung der Eltern hatte sie jedoch den Rat der Schule befolgt und eine einjährige Zusatzausbildung zur Turnlehrerin absolviert. Und im Anschluss daran weitere Malkurse an privaten Damenateliers in Berlin durchsetzen können.

Damals war den Eltern zwar klar geworden, welch außergewöhnliches Talent in ihr steckte und dass es in der Position als Lehrerin vergeudet wäre, dennoch musste sie jedes Jahr aufs Neue darum kämpfen, ihr Studium zu verlängern. So wie jetzt. Weil die Eltern trotz allem nicht verstanden, dass sie nicht auf dem Status »realitätsgetreu und sicher in der Formgebung« stehenbleiben wollte. Dass ihr mehr vorschwebte. Weil ihr mehr möglich war. Und sie mehr sein wollte als nur die Tochter aus gutem Haus, die »schon sehr ordentlich« malte und zeichnete. Dazu brauchte sie allerdings die richtigen Impulse. Und die erhoffte sie sich in München. Der Kunststadt schlechthin.

Ihr schwirrte der Kopf, wenn sie an die Namen der dort ansässigen Künstler dachte. Und an die vielen Künstlerinnen. Die private Damenakademie an der Isar bildete auf höchstem Niveau aus, der Münchner Künstlerinnen-Verein garantierte die denkbar beste Unterstützung. Die Schwärmereien ihrer Freundin Janne nahmen kein Ende. Sie kannten sich aus Storchs Sommerkursen. Inzwischen lebte Janne schon zwei Semester an der Isar. Nie wurde sie müde, ihr die vielen kreativen Möglichkeiten aufzuzählen, die sich jungen Frauen dort eröffneten. Dazwischen malte sie ihr immer wieder auch das freie, ungezwungene Leben weit weg vom preußisch-biederen Berlin und den strengen Eltern in den schönsten Farben aus. Maria brannte darauf, auch das kennenzulernen. Am liebsten sofort. Das brauchte sie ebenso für ihre künstlerische Entfaltung, um das zwar gut gemeinte, für eine originelle Malerin jedoch absolut vernichtende »schon sehr ordentlich« ein für alle Mal hinter sich zu lassen. Jedes Mal drängte Janne sie inständiger, den längst überfälligen Wechsel nach München durchzusetzen, jedes Mal verlangte es sie selbst ungeduldiger denn je nach dem Aufbruch in ein selbstbestimmtes Leben.

»Als anständiges junges Fräulein aus gutem Haus hast du einen Ruf zu verlieren.«

Die Bemerkung der Mutter holte Maria in die Gegenwart zurück. Ahnte sie etwas von ihren Überlegungen? Sie bemerkte, wie ihre Wangen zu glühen begannen.

»Nach allem, was man über München hört, kommt die Stadt wohl kaum für dich in Frage. Als deine Eltern müssen wir darauf achten, welchen Umgang du pflegst und in welchen Kreisen du verkehrst.«

Die Mutter suchte ihren Blick. Maria setzte alles daran, ihm Stand zu halten. Aus dem Augenwinkel bemerkte sie Wilhelms breiter werdendes Grinsen.

»Die Münchner Damenakademie genießt einen ausgezeichneten Ruf«, setzte sie an. Die trockene, viel zu warme Luft im Raum lähmte ihr Hirn. »Dort unterrichten die angesehensten Professoren aus dem In- und Ausland. Frauen aus den besten Kreisen studieren dort.«

»Andere können es sich ohnehin nicht leisten«, warf Wilhelm vorlaut ein.

»Allmählich wird es Zeit für dich, an Wichtigeres im Leben zu denken als immer nur ans Malen«, wischte die Mutter das beiseite. »Du bist inzwischen sechsundzwanzig. Nachdem du dich zum Glück entschlossen hast, dein Leben nicht als Zeichen- und Turnlehrerin zu vergeuden, solltest du dich endlich nach einer geeigneten Partie umsehen. Malen kannst du ja weiterhin. Das macht sich immer ganz hübsch. Apropos.« Sie räusperte sich, versicherte sich quer über den Tisch des Einverständnisses ihres Gemahls. »Dieser junge Assessor beim Adventstee von Frau Doktor Mertens letzten Donnerstag scheint mir sehr interessiert an dir, so angeregt, wie ihr beide euch unterhalten habt. Hilstein heißt er, nicht wahr?«

Kaum erwähnte sie den Namen, schälte sich aus Marias Gedächtnis eine vage Erinnerung heraus. Bei ihr hatte der Assessor nicht viel Eindruck hinterlassen, sonst hätte sie irgendein Detail, ein auffälliges Charakteristikum an ihm im Gedächtnis behalten, doch da war nichts.

»Wir sollten ihn baldmöglichst einladen«, entschied die Mutter. »Ein wohlerzogener Mensch. Aus sehr angesehener Familie, wurde mir versichert. Und mit besten Aussichten, seinen Weg im Justizministerium zu machen.«

»Rothaarig ist er. Und tendiert schon jetzt zu Doppelkinn und gemütlichem Bauchansatz.«

Wilhelm zwinkerte Maria zu. Sein Beistand überraschte sie. Gelegentlich zeigte er doch seine guten Seiten.

»Andererseits prädestiniert ihn das natürlich, an deiner Seite glücklich zu werden«, setzte er nach, wieder mit dem gewohnt frechen Grinsen im Gesicht.

Trotz erneut aufwallenden Ärgers zwang sie sich zur Gelassenheit. Kratzte betont langsam mit dem Dessertlöffel die Puddingreste aus dem Schälchen und verzichtete ausnahmsweise darauf, sich einen Nachschlag zu gönnen. Während sie sich eine Strähne aus dem Gesicht strich, beobachtete sie in der spiegelnden Glasvitrinentür in Wilhelms Rücken, wie sich die Sonne in ihrem goldblonden Haar verfing. »Ein echter Schatz, den Sie da auf Ihrem Kopf tragen«, pflegte ein älterer Malerkollege verzückt zu schwärmen, der sie immer wieder gern bei solchen Lichtspielen porträtierte. Dabei fand sie selbst nichts Besonderes an ihrem Haar. Welch großer Einfluss eine andere Perspektive doch hatte, gerade wenn es um Bildmotive ging.

Plötzlich kam ihr eine Idee.

»Professor Storch riet mir, mich stärker auf die Pleinairmalerei zu konzentrieren. Darin sieht er bei mir großes Potenzial. Das sollte ich aus einer anderen Sichtweise weiter verfolgen.«

Von Neuem wandte sie sich direkt an den Vater, bedachte ihn mit einem besonders ergebenen Tochterlächeln.

»Nachdem ich die letzten Jahre vor allem die norddeutschen Landschaften gemalt habe, wäre es eine echte Bereicherung, mich eine Zeit lang im Süden umzusehen. Die Landschaft um München, das berühmte Dachauer Moos und natürlich das Voralpenland ermöglichen, noch einmal ganz andere Lichtakzente zu studieren. Ich sollte mich von Experten vor Ort anleiten lassen, wie die malerisch am besten zu fassen sind. Das würde das, was ich bei Storch in den vergangenen Jahren gelernt habe, sinnvoll ergänzen. Auch die alpine Landschaft mit einzubeziehen, wäre eine große Herausforderung, der ich mich einmal stellen sollte, um mich zu verbessern.«

»Vor allem, wenn du es einmal damit versuchst, die Berge tatsächlich zu erklimmen, statt sie nur zu malen«, spottete Wilhelm. »Das wäre erst recht eine große Herausforderung. Damit würdest du noch weitaus mehr an dir verbessern.«

Die Mutter zog die Augenbraue nach oben.

»Wurde Storch nicht unlängst nach Königsberg an die Kunstakademie berufen?«, erkundigte sich der Vater und tupfte sich mit der Serviette die Mundwinkel, schob das leere Dessertschälchen von sich weg. Das Dienstmädchen eilte herbei, um es abzuräumen und den Kaffee zu servieren.

»Nach Königsberg?«, hakte die Mutter interessiert ein. »Eine hohe Auszeichnung.«

Ihre Vorfahren stammten aus Ostpreußen. Regelmäßig waren sie im Sommer auf den Gütern der weit verzweigten Verwandtschaft zu Gast und pflegten dabei auch dem von ihr geliebten Königsberg einen Besuch abzustatten.

Der Vater begann umständlich, seine Zigarre aus der Banderole zu wickeln.

»Wäre es nicht sinnvoller, wenn du in Königsberg einen weiteren Kursus bei Storch …?«, setzte die Mutter an.

Maria sank der Mut. Mit dieser Wendung hatte sie nicht gerechnet.

»Wir sollten Storchs Wechsel nach Königsberg als Zeichen sehen, auch Maria noch einmal einen Wechsel in andere Gefilde zu ermöglichen«, widersprach der Vater überraschend. »Wenn er ihr Talent tatsächlich in der Landschaftsmalerei sieht, klingt es nach einem vernünftigen Vorschlag, die in einer völlig anderen Umgebung zu vertiefen. Und am besten wohl auch einmal bei anderen Professoren.«

Am liebsten hätte Maria vor Freude laut gejubelt.

»In Schreiberhau in Schlesien konnte sie bereits mehr als genug Berge und andere Landschaften …«, fing die Mutter von

Neuem an, wurde allerdings wieder unterbrochen. Dieses Mal von Wilhelm.

»Das Riesengebirge bei Schreiberhau ist zwar eine gute Vorübung für die Alpen, mehr aber auch nicht. Das sind keine richtigen Berge, erst recht ist das kein alpines Gelände, demzufolge verfügen sie dort über völlig andere Lichtverhältnisse.«

Dankbar nickte Maria ihm zu.

»Nur zu gern besuche ich dich im Frühling in München, Schwesterherz. Dann können wir uns gemeinsam davon überzeugen, wie viel herausfordernder die Alpen im Vergleich zum Riesengebirge sind. Auch ich kann meine bisherigen Studien in München hervorragend vertiefen.«

»Nichts da!«, erstickte der Vater halb lachend, halb empört die Idee gleich im Ansatz. »Du bleibst in Berlin und konzentrierst dich hier ganz darauf, überhaupt erst einmal deine Studien richtig zu beginnen, bevor du daran denkst, sie irgendwo anders zu vertiefen. Mir scheint, du hast dein Potenzial noch nicht einmal ansatzweise ausgeschöpft.«

»Danke, Väterchen!«

Maria sprang vom Stuhl und eilte zum Vater, umarmte ihn und hauchte ihm einen Kuss auf die Wange.

Verblüfft ließ er es geschehen.

Vom entgegengesetzten Ende des Tisches vernahm sie das leise, aber vielsagende Seufzen der Mutter.

»Die Zustimmung deines Vaters zur Münchner Damenakademie ist keinesfalls ein Freibrief für endlose Studien, noch dazu in einer solchen Umgebung«, fing die Mutter noch einmal mit dem Thema an, als Maria und sie sich an der Garderobe zum Nachmittagsspaziergang ankleideten. »Die dort herrschende Liberalität ist nicht nur positiv zu sehen. Gerade nicht für jemanden von deiner Konstitution. Wenn du schon nach deinem

Aufenthalt in Itzehoe im vergangenen Jahr eine Kur für deine Nerven nötig hattest und du dich diesen Sommer allein nach Grömitz an die Ostsee zurückziehen musstest, weil dich alles so leicht aufwühlt, dann …«

Statt den Satz zu beenden, ließ sie den Schluss bedeutungsschwanger in der Luft hängen. Maria war froh, dass sie im düsteren Flur standen. So konnte die Mutter nicht sehen, wie sie von Neuem errötete.

Der Malsommer in Itzehoe hatte sich in der Tat zu einer aufwühlenden Episode in ihrem Leben entwickelt, weniger der Landschaft wegen, die sie mehrfach in Öl festzuhalten versucht hatte, als vielmehr eines gewissen Herrn Westphal wegen. Niemals durfte die Mutter von ihm erfahren! Niemals die wahre Ursache für ihren Kollaps herausfinden, der in diesem Frühjahr letztlich in dem mehrwöchigen Aufenthalt im Taunusbad Langenschwalbach gegipfelt war. Den ganzen Sommer war sie unfähig gewesen, Menschen um sich zu ertragen. Westphals Name verursachte ihr nach wie vor Übelkeit.

»Du musst mir versprechen, auf dich achtzugeben.« Die Stimme der Mutter klang auf einmal besorgt. Unerwartet fasste sie Maria an den Händen, drückte sie fest.

»Der München-Aufenthalt könnte dich nicht nur krank machen, sondern deinem Ruf nachhaltig schaden. Was jemand wie Doktor Hilstein wohl dazu sagt? Ohnehin bleibt abzuwarten, wie offen man ihm gegenüber überhaupt von deinen künstlerischen Ambitionen sprechen sollte.«

»Hast du vorhin nicht gemeint, die machten sich ›ganz hübsch‹?«

»Das bleibt abzuwarten.«

KAPITEL 1

München, Mitte Februar 1905

Wie Maria es auch drehte und wendete, es half nichts. Sie sah furchtbar aus. Verzweifelt streckte sie ihrem Spiegelbild die Zunge heraus.

Wie war sie nur auf die verrückte Idee verfallen, in diese Tracht zu schlüpfen? Sich ausgerechnet darin zeichnen zu wollen? Zu allem Überfluss als Heimarbeit bei Marie Schnür. Für Selbstporträts besaß sie kein Talent. Das wusste sie doch. Dazu musste sie sich nicht erst Angelo Janks vernichtendes Urteil in Erinnerung rufen, mit dem er neuerdings sämtliche Arbeiten von ihr zerpflückte. Dabei hatte er bis vor Kurzem noch keine Gelegenheit ausgelassen, ihr Talent zu loben. Sie zur besten Schülerin gekürt, die er angeblich je gehabt hatte. Um dieser Ungerechtigkeit zu entgehen, hatte sie sich aus seinen Kursen ab- und bei der Schnür angemeldet. Die sieben Jahre ältere Lehrerin mochte sie, verehrte sie geradezu. Unbedingt wollte sie sie mit ihren Bildern beeindrucken, ihr gefallen, vielleicht sogar ihre Freundin werden.

Welcher Teufel hatte sie nun jedoch geritten, außer ihrem bewährten Stillleben- auch den Porträtkurs bei ihr zu belegen? Mit diesem Übereifer machte sie am Ende nur alles kaputt.

Marias Augen wanderten zwischen dem Skizzenblock in ihrer linken Hand und dem Spiegel an der Innenseite des Kleiderkastens hin und her. Nachdenklich strich sie sich mit dem Bleistift übers Kinn. Vielleicht war doch noch etwas zu retten? Weniger an ihr selbst als an der Zeichnung?

Sie zupfte am Stoff, probierte eine andere Gewichtung von Stand- und Spielbein, musterte ihr Spiegelbild, betrachtete die

Zeichnung. Akzentuierte die eine Linie auf dem Papier stärker, radierte eine andere dafür aus, schraffierte einen Schatten dunkler. Sah wieder in den Spiegel.

Es änderte nichts. Die Zeichnung war korrekt, das Modell war, wie es war: hoffnungslos. Nichts stimmte an ihr, aber auch rein gar nichts. Die Ärmel der Bluse waren zu voluminös, die Weste spannte über der Brust, der Rock bauschte sich zu breit über die Hüften, und zu allem Überfluss überschattete der Hut mit der ausladenden Krempe und den langen Satinbändern das Gesicht. Verdeckte so das einzig Schöne an ihr: das dichte, honiggoldene Haar, das sie zu einem Zopf geflochten trug.

Einzig daraus ließe sich ein guter Akzent gewinnen. Aber nicht mit dem Hut obenauf. Wütend zerrte sie ihn vom Kopf und pfefferte ihn in die Ecke. Und den Skizzenblock schwungvoll gleich hinterher.

»Bist du so weit?«

Plötzlich stand Janne im Zimmer. Erschrocken fuhr Maria herum. Starrte sie an wie eine Erscheinung. Die Wirtin musste sie hereingelassen und gleich zu ihrem Zimmer am Ende des langen Flurs geschickt haben. Maria hatte nicht einmal die Klingel gehört.

»Geh allein. Ich bleibe hier. Ich habe zu tun.«

Nach einem flüchtigen Blick auf die Freundin begann sie hastig, sich das Kostüm auszuziehen.

Janne sah hinreißend aus. Bei ihr betonte die Bauerntracht genau die richtigen Stellen ihrer wohlgeformten Figur. Das war selbst unter dem offenen Mantel zu erkennen. Und der Hut mit den langen Bändern umrahmte ihr ebenmäßiges Gesicht vortrefflich.

Sie sollte sie zeichnen, nicht sich. Flüchtig streifte sie noch einmal ihr Spiegelbild.

Neben Janne wirkte sie noch plumper, unförmiger und biederer als ohnehin. Völlig ausgeschlossen, sich an ihrer Seite zu zeigen.

»Warum ziehst du dich aus? Hast du etwa vergessen, was wir vorhaben?«

Janne umklammerte ihre Handgelenke und versuchte, sie am weiteren Aufknöpfen der Bluse zu hindern.

Eine Weile rangelten sie miteinander.

»Lass mich!«, bat Maria. »Ich komme nicht mit. Ich habe es mir anders überlegt. Ich habe keine Zeit.«

»Das ist nicht dein Ernst! Natürlich kommst du mit«, widersprach Janne. »Die Bauernkirta im Schwabinger Bräu ist das Ereignis des Jahres. Alle gehen da hin. Die Herren von der Akademie wie auch die Damen von der Damenakademie, Lehrer wie Schüler. Darauf freust du dich seit Wochen! Im letzten und im vorletzten Jahr hast du dir da die Seele aus dem Leib getanzt. Und geflirtet und ...«

»Dieses Jahr ist es anders. Mir steht nicht der Sinn danach. Und dir würde ich nur den Spaß verderben. Amüsier dich lieber ohne mich.«

»Fang jetzt bloß nicht so an! Jank ...«

»Es reicht! Ich bleibe hier.«

Nicht auch noch seinen Namen nennen! Janne wusste doch, dass er der Quell allen Unglücks war. Dass sie nicht darüber hinwegkam, dass sie bei ihm in Ungnade gefallen war. Als Schülerin. Und als Geliebte. Ohne Vorwarnung. Völlig abrupt. Von einem Tag auf den anderen.

»Du bist verrückt!«

Janne schüttelte den Kopf. Maria nutzte die Gelegenheit und stieß sie energisch von sich weg. Janne strauchelte, verlor das Gleichgewicht, fiel rücklings aufs Bett.

»Verrückt war ich, als ich eingewilligt habe, mich in dieses lächerliche Kostüm zu zwängen, um mit dir zur Bauernkirta zu gehen«, erklärte Maria, sobald sie wieder ruhiger atmete, und stemmte die Hände in die Seiten.

»Schau mich doch an! Wie ein Trampel sehe ich aus. Lächerlich mache ich mich in dem Aufzug. So wird alles nur schlimmer statt besser.«

»Willst du dich etwa für alle Zeit in deiner Kammer verkriechen? Damit machst du es mit keinem Deut besser. Im Gegenteil. Jank wird triumphieren. Das darfst du ihm nicht durchgehen lassen. Zeig dem aufgeblasenen Schönling, dass er nicht der einzige Mann auf der Welt ist, der dich interessiert und der sich für dich interessiert. Versink seinetwegen nicht in Trübsal, nur weil er dich auf einmal nicht mehr will. Das ist er nicht wert. Jetzt musst du dich erst recht ins Vergnügen stürzen. Du bist nur einmal jung.«

Sie sprang vom Bett, fischte den Hut aus der Ecke, in die Maria ihn eben geschleudert hatte, klopfte den Staub ab, drückte die Dellen heraus und wollte ihn Maria reichen, als ihr Blick auf den Skizzenblock fiel, der dort ebenfalls lag. Gleich legte sie den Hut beiseite und bückte sich nach dem Block, blätterte ihn noch im Aufrichten neugierig durch, um schließlich an dem halbfertigen Selbstbildnis hängen zu bleiben.

Maria wollte ihr den Block wegnehmen, sie aber drehte sich blitzschnell zur Seite und trat einige Schritte in die Mitte des Raums, um das Licht der einzigen Lampe besser auszunutzen.

»Das ist gut. Das ist sogar sehr gut!«

Aufgeregt tippte sie mit dem Finger auf den Block.

»Klar in der Linienführung. Hervorragend in der Proportion. Wieso behauptest du immer, Porträts lägen dir nicht? Warum hast du das weggeworfen? Jetzt ist das Papier zerknickt.«

Vorsichtig strich sie es glatt, darauf bedacht, die Zeichnung nicht mit dem Handrücken zu verwischen.

»Die Schnür wird entzückt sein, wenn du es ihr nächsten Montag zeigst. Für ihren Kurs hast du das doch gezeichnet, oder? Die ›Heimarbeit Selbstbildnis‹. Gut, dass du den Kurs gewählt hast. Gib dir nur für Jank keine Mühe mehr. Den Anatomiekurs an der Damenakademie nutzt er frech, um sich an seine Schülerinnen heranzuwanzen. Damit ist ab sofort Schluss. Zumindest bei dir. Dem zeigst du die kalte Schulter. Für das gute Schnürlein musst du dich gar nicht so arg ins Zeug legen. Dich mag sie sowieso am liebsten von uns allen. Dein Talent hat sie längst erkannt.«

Sie legte den Block auf die Kommode, nahm den Hut vom Bett und setzte ihn Maria wieder auf den Kopf.

Maria wollte gerade nachfragen, ob sie das tatsächlich ernst meinte mit dem überschwänglichen Lob und dem Hinweis auf die Schnür, »Schnürlein«, wie die meisten Schülerinnen an der Damenakademie in der Barerstraße sie liebevoll nannten, jene zierliche, attraktive und bewundernswert selbstbewusste Lehrerin und Künstlerin, die schon einige Male die Titelblattzeichnung für die Zeitschrift *Jugend* geliefert hatte. Und trotzdem Woche für Woche in der Damenakademie unermüdlich an den Fähigkeiten ihrer talentierten und weniger talentierten Schülerinnen feilte. Sie ermutigte, nicht aufzugeben. Schon allein, um es den Männern in der »Königlichen Akademie der schönen Künste« zu zeigen, an der Frauen nicht studieren durften.

»Meinst du wirklich, die Zeichnung ist gelungen?«, hakte sie noch einmal verzagt nach.

»Dein Haar ist einfach wundervoll! Damit verzauberst du alle«, überging Janne die Frage und strich ihr über die Wange, hauchte einen Kuss darauf.

»Unter dem Hut sieht man aber nichts davon.«

Maria begriff, dass der Moment vorbei war. Und dass ihr wohl nichts anderes blieb, als doch mit zur Bauernkirta – »Bauernkirchweih« – zu kommen, wollte sie die Freundin nicht vergrätzen. Sie brauchte sie als Vertraute in der vertrackten Geschichte mit Jank. Und als Verbündete gegenüber den Eltern, die um nichts in der Welt erfahren durften, was sie in München trieb, wenn sich die Pforten der Damenakademie nach dem täglichen Unterricht hinter ihr schlossen und sie sich den weiteren Angeboten hingab, die die Kunst- und Bohèmestadt für junge Damen bereithielt.

Viel zu behütet war sie in Berlin gewesen, trotz ihrer mittlerweile achtundzwanzig Jahre. Nicht vorbereitet auf das, was außerhalb des Elternhauses zwischen den Geschlechtern üblicherweise geschah. Dagegen war sogar die Geschichte mit Westphal vor zwei Jahren rührend unschuldig gewesen, auch wenn sie für sie in Langenschwalbach geendet hatte. Kein Wunder, dass sie sich auf jede Gelegenheit stürzte, das Versäumte nachzuholen. Und dabei immer wieder auf die Nase fiel. Nur deswegen neigte sie zu überspannten Nerven, geriet bei der kleinsten Herausforderung aus der Fassung. So würde nie eine echte Künstlerin aus ihr, die sich selbstbewusst dem Leben stellte, um ihm in Bildern dynamisch Ausdruck zu verleihen.

Rasch knöpfte sie die Bluse wieder zu, zog die enge Weste darüber und betrachtete sich noch einmal von allen Seiten im Spiegel. Wenn sie es wie bei der Zeichnung machte, hier eine Linie durch Zupfen am Stoff etwas mehr unterstrich, dort eine andere durch Hineinstopfen in den Rockbund stärker zurücknahm und insgesamt mit der Frisur das Augenmerk auf ihr Haar lenkte, sah sie auf den zweiten Blick gar nicht so übel aus. Tatsächlich besaß sie ein sympathisch-hübsches Gesicht. Das hatten ihr schon einige Künstlerkollegen versichert und sie und ihr mysteriös in der Sonne leuchtendes Haar porträtiert.

Janne hatte recht: Es wäre fatal, sich zu verkriechen. Sollte Jank davon erfahren – und das würde er, denn auf die Bauernkirta im Schwabinger Bräu gingen alle aus dem Umfeld der Akademie und der Damenakademie, er selbst eingeschlossen –, verbuchte er das gewiss als persönlichen Sieg. Und verführte die nächste. Das wollte sie um jeden Preis verhindern.